빨간 거품
Red bubbles

빨간 거품
Red bubbles

곽설리 소설

문학나무

차례

이제 조금 알 것 같다　006
고도 개미　011
내 안의 빈집　020
거미여인　029
김 노인과 남편과 오소리　039
말하는 코끼리　049

작가 후기
소설을 보고 싶다　181

그림 그리는 코끼리　059
두껍아 더 큰집 다오　072
남자와 여자　085
달팽이를 기다리며　102
나는, 당신은 존재하는가　118
빨간 거품　136
해의 온화한 무늬들　158

발문 | 황충상 소설가, 동리문학원장
눈마을 여인의 꿈　182

이제 조금 알 것 같다

'바람이 분다. 살아야겠다.'

폴 발레리의 시 구절이 떠오른다.

정말 난 이렇게 오래 살고 싶지 않았다. 이토록 오래 세상에 남아있고 싶지도 않았다. 물론 일찍 세상을 뜨는 데 대한 어떤 구체적인 계획이 있었던 건 아니었지만, 그래도, 그래도, 20세가 되면 저절로 죽기를… 바랐는데….
내 삶은 내가 원했던 방향으로 가지도 않았고, 순탄하지도 않았다.

그러나 세상의 별별 일을 다 보고 겪으며 산다고 투덜거리던 나를 새 사람으로 변화시킨 건 엄마가 되면서부터였다. 애초에 난 삶에 대해 오해했거나 잘못 알고 있었기에 그토록 오래 살고 싶지 않았던 것이다.

> 도무지 알 수 없는 이 그리움.
> 아마도 나는 우리의 삶엔 꼭 일곱 난쟁이가
> 찾아온다는 걸 믿고 싶은 것이다

   엄마, 엄마는 분명, 함부로 죽을 수 없는 존재이다. 마음대로 세상을 떠나선 안 된다. 그래서 엄마는 위대하다. 엄마가 되어 엄마의 눈으로 세상을 보니 모든 것이 다르게 보였다. 옛날 엄마가 나에게 했던 섭섭한 일들도 모두 다 이해가 되었다. 나에게 주어졌던 모든 일들이 더욱 더 소중하게 느껴지기 시작했다. 그리고 그걸 깨닫게 해준 건 분명 나의 아이들이었다.

   기쁨이건 슬픔이건 설혹 세상의 모든 부조리와 마주치고 상처받고 고통을 당한다고 해도, 시인의 시처럼 그 속에서 고귀한 생명의 신비를 체험했던 것이다.

   나는 한때 오늘의 의미도, 삶에 대한 의미조차 잘 이해하지 못했다. 매일매일 하루하루의 그 소중한 의미를 모르고 있었다. 단지 밤이 오면 낮이 다시는 오지 않을 것 같아 불안했고, 아침이 오면 또 다시 밤을 기다리는 불안한 나날이 계속되었다.

이제는 조금 알 것 같다. 좋은 사람을 만났을 때 시간을 더 길게 늘려놓고 싶은 이유도. 책을 읽을 때, 아름다운 음악을 들을 때, 그리고 찬란한 저녁 황혼을 바라볼 때. 그리고 그것들을 모두 오늘이란 바구니 속에 넣어 가져오는 건 부지런한 또 다른 하루라는 사실도… 아이들이 그걸 내게 가르쳐주었다.

백설공주와 일곱 난쟁이, 신데렐라, 햇님과 달님, 콩쥐팥쥐… 내가 읽어주는 동화에 귀를 쫑긋하고 울고 웃던 아이들… 그건 정말 단추 초콜릿보다도, 첫사랑보다도 더 달콤했던 기억이었다.

"엄마는 세상에서 누굴 제일 사랑해?"

"너를."

"얼만큼?"

"하늘만큼, 지구만큼, 아니, 해와 달만큼, 아니, 우주만큼. 우주를 다 가져다준다 해도 너와 바꾸지 않을 거야… 절대로…."

그 사랑은 지금도 유효하지만 우리 가족은 너무나도 멀리 흘러가 버렸다. 아이들을 본 지도 오래되었다. 아이들은 지척에 있건만 우주보다 먼 사람이 된 지 오래되었다. 그래도 우주만큼 사랑한다고 약속한 만큼 서로 우주의 반경 속에만 있으면 괜찮다고 스스로의 마음을 달래며 나의 아이들의 흔적을 섣불리 지우지 못하고 있다. 그 흔적은 너무나 소중한 무정형의 보물이다. 조금만 기억을 더듬어 보면 맑고 청아한 목소리들이 아무 때나 튀어나와 나의 마음을 포근하게 감싸 안는다.

책장에서 무심코 아이들의 손때가 묻어있는 동화책을 꺼내 든 나는 놀라고 만다. 동화책은 반질거리는 최고급 품질의 하드커버와 저절로 눈이 크게 떠질 만큼 환상적인 색들이 아름다운 조화를 이루고 있는 삽화들로 포장되었지만 놀랍게도 그 안에는 먹구름 같은 음모와 이율배반이 포진해 있다. 소름 끼칠 만큼 영악하고 때론 잔인하기까지 한 또 하나의 생생한 현실이었다.

살인교사, 속임수, 칼날 같은 잔인성이 도처에서 번뜩이고 음모가 숨은 그림처럼 여기저기 몸을 잔뜩 웅크리고 있다. 여왕은 끊임없이 확인한다.

"거울아, 거울아. 이 세상에서 누가 가장 아름답니?"

그렇게 확인하지 않으면 불안해서 견딜 수 없다.

아, 지금도 충분히 아름다운데 여왕은 왜 가장 아름다워야만 하는가? 이게 바로 냉혹한 현실인가? 이 살벌한 경쟁사회에서 살아남기 위해서는 일등이 되어야 한다는 불문율… 그래서 가장 아름다운지를 끊임없이 확인해야만 하는….

그래도 나는 백설공주와 일곱 난쟁이를 그리워한다. 도무지 알 수 없는 이 그리움, 아마도 나는 우리의 삶엔 꼭 일곱 난쟁이가 찾아온다는 걸 믿고 싶은 것이다. 그리고 세상에 일곱 난쟁이가 있는 한 산다는 건 어쩌면 괜찮은 약속인지도 모른다고 생각했다. ✤

고도 개미

"개미 마을에도 노숙자가 있을까?"

문득 그런 의문이 들었다. 가능하다면 개미에게 직접 물어보고 싶었다. 하필 왜 개미가 생각났는지는 모르겠다.

로스앤젤레스시의 골칫거리 홈리스 문제를 해결하기 위해 책정한 24억 달러가 날아가버렸다.

여자 아나운서가 신경질적으로 날카롭게 통통 튀는 목소리로 뉴스를 전하며 흥분하고 있었다.

"그리고, 지금 시장도, 그 어느 누구도… 그 돈, 시민들의 피 같은 세금, 무려 24억 달러가 연기처럼 사라져 버렸는데… 출처마저 모른다니… 이게 있을 수 있는 일인가. 아니, 시장이 모르면 도대체 누가 안단 말인가? 그 돈

참 이상한 일이다
하염없이 기다리다 보니 고도를 기다리는 시간이
행복하게 느껴지기 시작했다

은 어느 누구의 주머니 속으로 흘러들어갔단 말인가?"

나도 모르게 욕이 튀어나왔다.

"개미보다도 못한 것들!"

왜 하필이면 개미에 비유했는지 나도 모르겠다. 개미에게 미안하다는 생각이 들었다.

"미안하다, 개미들아!"

화를 달래려고 책장에서 아무 책이나 꺼내 들었다. 하필이면 데카르트였다. 엎친 데 덮친 격이었다. 순간 놀랍게도 대철학자 데카르트 선생의 근엄한 말씀이 들려왔다.

"흠! *송과체(松果體)란 말이요. 인간의 뇌 안에서만 발견할 수 있단 말입니다. 그리고 그 안에는 고귀한 인간의 영혼이 살고 있고요."

그러니까 황송하게도 송과체는 인간의 두뇌에만 존재하고 있고, 인간에게만 고귀한 영혼이 살고 있다는 말씀이었다. 그러나 세월이 흐르고, 점차 과학적 진실들이 밝혀지면서 송과체는 인간만이 아닌 그 어느 동물에게나 있다는 사실이 밝혀졌다. 더구나 장 프랑수아 마르미옹 선생에 의하면 인간만의 고유한 특성이라는 지능도, 추상성도, 언어와 문화와 도덕성이란 요소마저도 다른 포유류에서 발견되었다는 것이다. 그러니까 결국 모든 생명은 어떤 의미에서 하나일지도 모른다는 이야기다.

데카르트, 다윈, 적자생존, 생존경쟁, 협력형 경쟁을 떠올리자 갑자기 머리가 아파왔다. 아픈 골머리를 식히려 커피잔을 들고 뜰로 나왔다. 뜰에는 화창한 봄날이 바싹 들어와 있었고, 커피향은 진하고 향기로웠다. 화사하고 평화로운 봄 풍경을 물끄러미 바라보며 곰곰이 생각에 잠겼다.

사위가 조용하다. 누군가 그랬다. 혼자 있는 시간은 사치라고….

꽃향기를 더 깊게 음미하고 싶어 꽃밭을 자세히 바라보니, 무언가 꼬물꼬물 움직이는 것이 보였다. 자세히 보니, 줄을 지어 부지런히 행진하는 개미들의 행렬이었다. 아,

개미! 봄소풍이라도 가는 걸까? 재잘재잘 즐거운 행진으로 보인다.

"개미 마을에도 노숙자가 있나?"

나도 모르게 허공에 대고 말을 걸었다. 그런데 뜻밖에도 대답이 돌아왔다. 놀랍게도 개미였다.

"홈리스요? 아마, 없을걸요, 없어요! 왜냐하면 우리에게는 '나'라는 낱말이 없거든요, '우리'라는 말만 있어요. 개인 소유라는 건 없는 거예요. 그러니까, 모두 함께 어울려 사는 거지요. 좁으면 좁은 대로 부대끼며 살고, 넓으면 넓은 대로 헐렁하게 살고…."

문득 월트 휘트먼의 시구절이 번개처럼 떠올랐다.

풀잎 하나가
별들의 운행에 못지않다고 나는 믿네
개미 역시 똑같이 완전하고

시인 휘트먼은 작은 풀잎, 개미, 모래알 하나에서 우주를 본 것이다. 그 우주에서는 인간과 개미의 차이 같은 건 무의미하다.

내가 듣기에도 개미는 모든 동물 중에서 인간보다도 월

등히 협동심과 희생심이 강한 곤충이라고 한다. 집단을 위해서라면 자신의 목숨까지도 아낌없이 버릴 만큼….

개미야말로 인간과는 달리 숭고하고 청렴결백하고 진정한 순교자 같은 사회적 동물임이 분명하다. 개미 사회에는 개인의 착복이나 개인의 이득을 위한 어떤 이기적인 음모도 존재하지 않으리라… 사랑과 희생과 배려로 가득한 개미 사회… 그러니 홈리스 역시 존재하지도 않을 것이다.

그에 비하면 인간은 얼마나 초라하고 누추한가. 물론, 전에도 홈리스는 있었지만 이렇게 온 거리를 장악하는 숫자는 아니었다. 그들은 그저 사회적 약자이거나 모든 사회가 공통적으로 가지고 있는 문제아들이었을 뿐이었다. 도대체 누가 이 많은 홈리스들이 거리를 배회하게 만들었나? 홈리스들은 왜? 어떻게? 패자가 되어버린 걸까?

"누구나 모든 걸 다 누릴 수는 없는 세상입니다. 그러니 일등이 될 수 없는 홈리스는 또 하나의 전락한 내 모습인 것입니다."

"홈리스는 극단적인 상황 속으로 처박혀버린 또 하나의 자아입니다. 그러니까, 홈리스가 노약자의 범주에 들어있다면, 상대적으로 나는 위선자의 범주에 들어있는 겁니다. 정말 부끄러운 일입니다만…."

 다음 날도 개미를 만나려고 뜰로 나가 꽃밭 앞에 앉았다. 물어보고 싶은 것이 많았다. 자세히 보고 싶어서 돋보기를 챙겼다.
 향기 좋은 커피를 마시며 참을성 있게 기다리니, 드디어 개미 행렬이 영차영차 나타났다.
 "아, 커피 냄새 참 좋네요. 향기로워요"
 개미가 말했다.
 "뭐라구? 커피 냄새를 다 아니?"
 "그럼요, 우린 냄새로 세상을 보거든요."
 "냄새로 본다구?"
 "네, 페로몬이라는 거 아시죠?"
 "아, 페로몬!"
 "뭐 물어보고 싶은 게 있는 모양이신데, 빨리 물어보세요. 오늘은 좀 바빠요, 할 일이 많거든요."
 "전쟁은? 개미나라에도 전쟁이 있나? 왼편 오른편의 다툼은?"
 "그런 어려운 건 잘 모르겠는데요. 알고 싶지도 않아요. 우린 그저 열심히 일할 뿐이예요. 여왕님 위해서… 우린 일개미거든요."

"여왕님?"

"네, 여왕님! 선택된 수개미는 여왕개미와의 단 한 번 짝짓기 후엔 죽어야 하는 운명에 처하지요. 가엾은 수개미… 자식 얼굴도 한번 보지 못하고 죽어야 하는 수개미의 운명이라니… 그렇지만, 우리 개미는 그렇게 자신의 사회적 역할에만 충실하기 위해 태어난 거랍니다."

"여왕이 무섭진 않니?"

"무섭긴요! 아름답지요. 세상에서 가장 아름다워요. 자, 오늘은 이만 하고 내일 또 봅시다, 바이바이."

"그런데 네 이름은 뭐니?"

"이름? 그런 거 없어요. 별명은 있지만…."

"별명이 뭔데?"

"고도예요, 고도."

"뭐라구? 고도? 그럼 당신이 그 고도란 말인가요? 설마…."

"무슨 말인지 잘 모르겠는데… 나는 외딴 섬이라는 뜻의 고도(孤島)예요, 고도!"

"뭐라고? 고도라구? 정말?"

아! 나는 고도를 만났다! 고도가 내게 오셨다, 개미의 모습으로…

흥분한 나에게 고도 개미는 차분하고 차갑게 항의했다.

"여보세요! 정신 차리세요! 번짓수가 한참 틀리셨네요! 난 그 고도가 아니에요. 난 외로운 섬 고도라니까요!"

아무리 뭐라고 해도 나는 이 고도가 그 고도라고 믿고 싶었다. 그렇게 믿기로 다짐했다. 굳게 믿어 의심치 않기로 결심했다.

그리고, 고도 개미는 나타나지 않았다.

내가 멋대로 그 고도라고 믿기 시작했기 때문일까? 다음 날도 또 그 다음 날에도… 아무리 기다려도 고도 개미는 오지 않았다. 언제 온다는 약속도 없었다. 그래도 기다려야 한다.

나는 언젠가 고도 개미를 만나면 꼭 물어보고 싶다.

"행복하시냐? 살만하시냐?"

"행복? 그게 뭔데요?"

이렇게 반문하면 나는 뭐라고 설명해야 할까? 생각해보니, 행복이 무엇인지 한 번도 누구에게 설명해본 적이 없다. 서툴기 짝이 없는 내 설명을 듣고 개미는 이렇게 되물을지도 모르지.

"당신은 어떠신가요, 당신은?"

"응, 살만해요, 그럭저럭… 전에는 안 그랬는데, 지금은 그럭저럭….."

"세상이 점점 더 살벌해지고 있다는데요?"

"글쎄 말이예요… 나도 그게 이상해요, 왜 그런지 잘 모르겠어요, 왜 그런지….."

참 이상한 일이다. 하염없이 기다리다 보니 고도를 기다리는 시간이 행복하게 느껴지기 시작했다.

---

*송과체 : 솔방울샘. 척추동물의 뇌 속의 작은 내분비기관.

내 안의 빈집

어린 시절 우리 동네에 있었던
빈집 한 채
사람들 불길한 눈길 보내며
작은 목소리로
귀신집이라고
불렀던

술래잡기할 때마다
살며시 숨어들었던
술래처럼 찾아온 세월 속에
이제는 술래와 함께 머물고 있는
내 안의 빈집 한 채

> 세상에 돈으로 따질 수 없는 것,
> 돈으로만 계산해서는 안 되는 가치가 많다는 걸
> 자꾸 잊어버리게 되네요. 그래서 서글퍼요

아득하게 그립다

지인은 유튜브의 '빈집 다니기' 프로그램을 즐겨 봤다. 세상 구석구석에 널려있는 빈집들을 찾아가 보여주는 프로그램이었다. 처음엔 뭐 이따위 프로그램이 다 있어? 했는데, 보면 볼수록 묘한 생각이 들었다.

'빈집 다니기'를 따라가다 보니, 세상에는 놀라울 정도로 많은 빈집들이 있었다. 도시 속의 빈집들, 산 속이나 바닷가의 빈집들… 오래된 집, 지은 지 얼마 되지 않았는데 어쩐 일인지 버려진 집.

이렇게 빈집이 늘어나면 세상이 어찌 되는 걸까? 그런 생각들은 뉴 노마드니 디아스포라 같은 철학적 낱말들과 자연스레 이어졌다. 그런가 하면, 다른 한편으로는 대도시 길거리에는 홈리스 피플이 넘쳐나는 현실을 어떻게 이해해야 할지 당황스럽기도 했다. 살던 곳을 떠나 정처 없이 헤매 다니는 사람들, 그들에게 집이란 무엇인가?

지인은 그동안 수도 없이 많은 집을 들여다보며 살아왔다. 부동산 에이전트로 일해왔기 때문이다. 그의 일은 남의 집안을 구석구석 꼼꼼히 들여다보고, 가치를 따지고, 다른 사람에게 소개하는 것이었다.

운명의 장난인지, 지인은 지씨 남자와 결혼을 하는 바람에 '지인지'가 되었다. 우연한 축복이었다. 그걸 광고로 이용하여 큰 인기를 끌었다. 그 덕에 돈도 제법 많이 벌었다.

'앞으로 읽어도 지인지

뒤로 읽어도 지인지

부동산은 단연 지인지!'

결론적으로, 그에게 집은 부동산이요, 돈이었다. 지극히 현실적이고 구체적인 대상이었다. '검색'의 대상일 뿐 '사색'의 대상은 절대 아니었다.

그런데 지금은 전혀 다른 눈으로 집을 보고 있다. 그것도 다 허물어져가는 빈집 한 채 때문에, 스스로도 신기했다. 부동산 에이전트가 집에 대해서 철학적으로 사색하고 고뇌한다는 것이었다.

"은동전나무가 서 있는 이 빈집은 아직까지 아무 연고자가 나오지 않아 머지않아 허물어질 운명에 처해 있습니다."
유튜브 진행자는 폐가를 가리키며 이야기했다.
"알고 보면 이 폐가의 운명도 결국, 인간의 운명과 다르게 없다는 서글픈 생각이 드는군요."
'폐가의 운명이 인간의 운명과 다르지 않다고?'
진행자의 맥 빠진 음성에 쓴웃음을 지으며 화면을 바라보던 지인은 깜짝 놀랐다. 그녀는 자기도 모르게 앉아있던 의자에서 벌떡 일어섰다.
"안 돼! 그렇게 버려지면."
어린 시절 드나들던 기억 속의 빈집이 허물어져 사라진다는 사실은 그녀의 인생의 소중한 추억 한 부분이 송두리째 지워지는 것처럼 마음 아픈 일이었다. 순간 엉뚱한 생각이 들었다.
'내가 저 집을 사서, 복원하면 좋겠다.'
가슴이 설렜다. 사업적 측면에서도 검토해볼 가치가 있

는 일이기도 했다. 그런 생각을 하니, 유튜브를 한층 열심히 찾아보게 되었다. 영상을 되감아 여러 번 보고 또 보는 동안, 그 빈집이 이 지구상에서 없어져서는 안 된다는 생각이 바위덩이처럼 단단하게 굳어졌다.

지인은 적극적으로 알아봐야겠다고 마음먹고 대학시절 가깝게 지내던 건축과 선배를 떠올렸다. 애인이라기엔 뭣하지만 제법 가깝게 지냈던 그는 군대를 마치고 돌아온 복학생이었다. 착하고 좋은 사람이었다는 기억이 아직도 선명했다.

오랫동안 연락 없이 지냈는데, 느닷없이 전화를 걸기는 쑥스러워 이메일을 보냈다. 간단한 인사말과 함께, 그 폐가를 사서, 복원하고 싶은 생각이 있는데, 현실적으로 가능할지 알아봐주면 고맙겠다는 사연을 썼다. 며칠 후 선배의 답신이 왔다.

'안녕! 참 오랜만이네. 반가워! 미국생활은 어떠신지? 어린 시절의 추억이 담긴 폐가를 사서 갈무리하고 싶다? 아직도 꿈과 낭만을 잃지 않고 있으니 참 보기 좋네. 요새 그런 거에 신경 쓰는 낭만적인 인간이 거의 없으니… 반갑고 고마워요. 그런데 알아보니, 그런 생각은 그저 아름다운 꿈으로만 간직하고 있으시는 게 좋겠네. 현실성이 전혀 없어. 여러 가지로 생각해보면, 우리 현대인에게 추억의 장소나 고향이란 마음속에 있는 것이 아닐까? 돌아갈 고향이 있는 사람 별로 많지 않아. 그나저나 건축가랍시고, 집을 그저 물질이요, 돈으로만 생각하며 살고 있는 나를 일깨워줘서 정말 고맙네! 참 오랜만에 집이란 무엇인가를 생각해봤어. 우리 젊었던 시절 생각이 많이 났어. 질문 있으면 언제든지 환영이니, 연락하시게. 늘 건강하고 행복하시길!'

선배는 고맙게도 그 뒤로도 집에 대한 자기 생각을 보내주곤 했다. 그 메일들은 시원한 샘물처럼 신선했다.

지인은 부동산 에이전트로 일하면서, 집을 그저 돈벌이의 대상으로만 생각해온 날들이 조금 부끄러웠다.

"생각해봐. 우리 젊은 시절 내 집 한 칸 장만하기 위해 얼마나 힘들었는지. 그냥 집이 아니고 '내 집'을 가지기 위해. 드디어! 처음으로 내 집을 마련했을 때 얼마나 기뻤는지? 그건 그저 단순한 소유의 기쁨이 아니라, 꿈과 낭만과 눈물과 땀의 결실이었기 때문에 그렇게 기쁘고 자랑스러웠던 거야. '첫 집'이란 그런 거야. 그저 건물이 아닌 거지. 하지만 그 뒤로는 나도 모르게 아파트 평수에 매달려서, 좀 더 큰 평수, 조금 더 비싼 동네. 그런 속물이 되어가고 있는 거지. 아파트 평수로, 사는 동네로 인간의 가치를 평가하는 사회가 과연 건강할 수 있을까? 집은 그저 물질이나 돈이 아닌데, 고향의 집은 더욱 그렇지."

"세상에 돈으로 따질 수 없는 것, 돈으로만 계산해서는 안 되는 가치가 많다는 걸 자꾸 잊어버리게 되네요. 그래서 서글퍼요. 요새 한국도 그렇고 일본, 프랑스 같은 나라에서도 계속 빈집이 늘어나 골치라는데 왜 그럴까요?"

선배의 답이 이어졌다.

"그거 쉽지 않은 질문이네! 내 생각은 이래요. 지금 우리 인류의 정신상태는 유목민으로 변해가고 있지. '뉴 노마드'라고 들어봤죠? 늘 새로운 곳을 동경하며 떠나고 싶어 하고 그걸 자유라고 생각하지. 잠시 떠났다가 돌아오면 여행이 되지만, 낭만이니 모험이니 도전이니 하면서, 깊은 바다 속이건 망망한 우주건 떠나고 싶어 하지. 존 버거가 말한 대로 20세기는 '이주의 시대'였어. 그런데 우리의 생활 방식은 여전히 농경민의 붙박이 삶 그대로인 거야. 오랜 전통이 하루아침에 바뀔 수는 없으니까. 그 붙박이 생활의 기초가 바로 집인 거지. 집이 삶의 뿌리인 거야. 결국, 떠돌이 삶과 붙박이 삶 사이에서 생겨나는 것이 버려진 빈집인 거야. 떠난 사람들이 돌아오지 않으니까."

"내가 보기에, 유목민들이 드넓은 초원에 쳐놓은 텐트나, 요새 미국의 대도시 길거리를 어지럽힌다는 노숙자들의 텐트나 근본은 같은 거라고 여겨지네요. 바퀴 달린 집도 마찬가지구요."

"우울한 이야기로 바뀌네요. 나보다 더 잘 알겠지만, 영어에서는 House와 Home을 구분해서 사용하지만 우리말에서는 둘 다 그냥 '집'이죠. 부동산 에이전트는 그걸 어찌 해석하나요? 어쩌면 거기에 해답이 있을지도 몰라요."

선배와 메일을 주고받으면서, 지인은 엉뚱한 꿈을 꾸기 위해 유튜브 영상 안으로 수없이 들어가 오랜 시간 머물곤 했다.

"아! 그 집에서는 누가 살고 있었을까?"

지인은 어린 시절의 '그 빈집'이 헐리기 전에 찾아가 직접 확인해보고 싶다는 생각에 사로잡혔다.

'그 빈집에선 그동안 누가 살고 있었을까. 누가 살다가 바람 같이 떠나버린 걸까? 혹시 그 빈집에서 아이들의 해맑은 웃음소리가 들리지 않을까? 어린 시절 같이 놀던 동무들의 웃음소리!'

지인의 마음이 바빠졌다. 지인은 꼭 한국으로 가봐야겠다고 마음먹었다. 한국으로 가서 그 빈집을 찾아가 두 눈으로 직접 보고 싶었다. 아니, 그 집이 허물어지기 전에 직접 만져보고 은동전나무에도 기대보고 싶었다. 그리고 집은 아직도 지구상에 남아있는 인간의 성스러운 영혼의 보금자리이며 미래라는 걸 확인해보고 싶었다. 그 미래를 위해 그녀는 오래 전에 떠났던 곳으로 돌아갈 준비를 서둘렀다.

  컴퓨터를 열고, 비행기표를 검색하기 시작했다. 그렇다 현실은 '낭만적 사색'이 아니라, '구체적인 정보 검색'이다. 그래도 고향을 생각하면 행복했다.

거미여인

무언가 공중에서 반짝이고 있었다. 거미줄이었다. 은빛 햇살을 받아 반짝이는 투명한 거미줄… 온몸으로 공중 높이 솟구친 거미는 거미줄을 제법 크게 늘여가며 투명한 거미집을 만들고 있었다.

숲속 오솔길을 걸을 때였다. 반짝이는 아침 햇살이 눈부셨다. 며칠 전 비가 왔던 탓이리라.

갓 태어난 듯 아주 작은 나비들이 순간의 행복을 노래하는 듯 이곳저곳을 팔랑팔랑 경쾌하게 날고 있었다. 마치 꿈의 한 자락이 현실로 튕겨져 나온듯한 황홀한 정경이었다.

자세히 보니 붉은점모시나비가 분명했다. '붉은점모시나비'라는 이름이 너무 시적이고 아름다워서 인터넷에서

누런 피부의 디아스포라가 거대한 저택에 살면서
금발의 하녀를 부리다니, 한편으로는 통쾌하고 부럽기도 했지만,
나와는 전혀 다른 세상의 인간이라는 이질감이 느껴졌다

꼼꼼하게 검색해봤던 기억이 생생하게 떠올랐다. 하얀 날개에 붉은 무늬가 선명한 예쁜 나비 사진과 함께 이런 설명이 적혀있었다.

붉은점모시나비: 흰 모시적삼에 붉은 무늬를 곱게 수놓은 듯한 고운 자태로 이름난 나비. 멸종위기 야생생물 1급으로 지정됨. 영어 이름은 Red-spotted apollo butterfly이고, '붉은점모시나비'라는 이름은 저명한 생물학자인 '나비박사 석주명'이 지었다.

한 떼의 붉은점모시나비들이 긴 한숨을 토해내는 바람을 타고 날개를 팔랑이며 꽃 주변을 유영하고 있었다. 멸종위기 생물이라는데, 도대체 이 많은 붉은점모시나비들이 갑자기 어디에서 나타난 것일까. 붉은점모시나비들이

나를 어딘가로 안내해 주는 것 같았다. 매력적인 자태를 뽐내는 저 나비들이 멸종위기라니? 나는 생각했다.

'그럼 나비들도 우리 인간들처럼 아슬아슬한 삶을 사는 길손들이란 말인가?'

아름다운 붉은점모시나비 몇 마리가 거미줄 쪽으로 날아가는 것이 보였다. 춤추듯 헤엄치듯… 나도 모르게 팔을 휘저으며 소리쳤다.

"아, 안 돼! 가지 마, 거긴 위험해!"

큰 소리에 놀랐는지, 나비들은 다른 쪽으로 날아갔다.

나는 공중에 떠 있는 거미줄을 가만히 들여다보았다. 놀라웠다. 세상에 이렇게도 가늘고 투명한 실을 끝없이 자아내어 이토록 큼직한 집을 공중에 지어놓을 수 있다니… 거미줄이 바람에 출렁일 때마다 투명한 햇빛이 거미줄에 반사되어 반짝였다. 눈이 부셔왔다. 하지만, 더 자세히 보니, 거미줄은 바람에 위태롭게 흔들리고 있었다. 아슬아슬해 보였다. 알고 보면 이 얼마나 가련한 집인가.

'아, 이거야말로 공중누각이 아닌가?'

가느다란 거미줄 한가운데엔 까맣고 제법 큰 거미 한 마리가 턱 들어앉아 버티고 있었다.

그 순간 눈부신 기억 하나가 빛살처럼 빠르게 나를 스

쳐갔다. 한 여인의 모습이 떠올랐다. 아주 오래전 잠시 만났던 여인이었다. 여인은 상냥하고 아름답고 우아했다. 날렵하고 매력적인 몸매나 풍기는 분위기가 영화 《스파이더 우먼》의 주인공을 연상시켰다. 그래서 나는 그녀를 '거미여인'이라고 편하게 불렀다.

그 거미여인과 어떻게 만났던지는 잘 생각이 나지 않았다. 아마도 머리를 자르기 위해 들렀던 미장원이거나 아니면 교회의 친교실이었거나 동네 슈퍼마켓에서 만났던지… 아무튼 우리 둘은 같은 또래였고, 그녀는 한국인들이 아주 드물게 살고 있는 우리 동네에서 살고 있어선지, 같은 한국인인 나를 아주 반가워했다. 이웃사촌이 생겨 외로움을 덜게 생겼다고 호들갑을 떨기도 했다.

아이들을 등교시키고 좀 한가해질 만한 시간이면 가끔 그 여인에게서 전화가 왔다. 나는 커피를 마시러 오라는 그녀의 전화에 집으로 찾아가서, 함께 커피를 마시며 이야기를 나누다 돌아오곤 했다.

그 여인을 기억할 때마다, 테니스 코트가 딸린 넓은 정원과 화랑 규모의 전시실을 갖춘 대저택과 함께 모차르트의 피아노 협주곡 제23번을 떠올리곤 했다. 그랬다. 그 여자의 집을 찾을 때면 짙은 커피향과 함께 모차르트의 피아노 협주곡 제23번 2악장 아다지오가 흐르곤 했다. 남편이 유독 이 곡을 좋아한다고 했던가?

"이 곡을 들으면 어쩐지 좋은 날만 계속될 것 같지 않아요? 그래서 누군가는 이 아다지오가 너무나 아름다워서 음 하나하나마다 슬픔의 전율이 다가오는 것 같다고 했다지요?"

금발의 메이드가 방금 끓인 커피가 담긴 은제 커피포트를 가져오자 그녀가 나에게 뜨거운 김이 오르는 커피를 따라주었다. 누런 피부의 디아스포라가 거대한 저택에 살면서 금발의 하녀를 부리다니, 한편으로는 통쾌하고 부럽기도 했지만, 나와는 전혀 다른 세상의 인간이라는 이질감이 느껴졌다. 그나마 작은 친근감을 만드는 것은 음악이었다.

실내에는 모차르트의 피아노 협주곡 제23번 2악장이 느릿느릿하고 우아하게 흘렀다. 창밖에선 아직 오전 햇살이 영롱하게 반짝이고 있었고, 2악장 아다지오의 울림과 커피향은 기막힌 환상의 조합을 이루었다. 나도 모르게 아다지오의 아름다움에 흠뻑 취했다. 감히 모차르트를 거부하기란 불가능한 일이었다.

그 여인의 남편은 돈 잘 버는 성형외과 의사였고, 그 여자는 오래전부터 인근의 고급 동네에서 성업중이던 골동품 가게의 매니저였다. 어느 날 우연히 쇼윈도에 진열되었던 푸른 모로코 앤티크 화병에 끌려 골동품가게를 들렀던 남편과 극적으로 만났다고 한다.

  그들 부부는 골동품과 그림을 수집하고 있었는데, 새 그림을 수집할 때마다 나를 초대하곤 했던 셈이다. 나는 그 여자의 그림에 대한 높은 식견과 안목에 놀라곤 했다. 하지만, 다른 부분은 안개처럼 불가사의했고, 이해되지 않는 점이 너무도 많았다. 심지어 이름도 성도 모르고 지낼 정도였다. 어쩐지 자세히 알고 싶지도 않았다. 대저택에서 금발의 하녀를 부리며 사는 '거미여인'은 나 같은 중생과는 다른 인류라는 생각이 워낙 강했다.

  어느 날, 지금 당장 자신의 집으로 와달라는 그 여자의 다급한 전화를 받았다. 나는 아무 생각 없이 평소처럼 그녀를 찾았다. 깜짝 놀랐다. 늘 단단하게 닫혀있던 그녀의 집 문이 모두 활라당 열려있었다. 그 여인의 집에 갈 때마다 나를 대저택 안으로 안내해 주었고, 식탁 위에 먼 외국에서 수입해 왔다는 환상적인 커피와 희귀한 골동품 커피잔을 가져다 놓아주었던 상냥한 금발의 메이드 모습도 더 이상 보이지 않았다. 무엇보다 그녀의 집을 더없이 아늑한 장소로 느껴지게 했던 향긋한 커피내음도 집안을 떠돌고 있지 않았고, 감미로운 아다지오 음률도 들리지 않았다.

머리를 산발한 '거미여인'이 불쑥 집안에서 뛰쳐나와 어딘가로 데려다 달라고 내게 매달리며 애원했다. 나는 기절할 만큼 놀랐다. 나는 너무나 놀랐고 당황했지만 자초지종을 따질 겨를도 없이 서둘러 그녀와 함께 차에 올랐다.

그 여인의 손등이 무엇엔가에 긁힌 듯 새빨간 피가 초롱초롱 배어나고 있었다. 붉은점모시나비의 붉은 무늬를 떠올리는 색이었다.

"어서 빨리 이곳을 떠나요!"

여인이 나에게 다급하게 외치던 순간, 나는 어떤 강렬한 예감에 이끌려 창밖으로 고개를 돌렸다. 그리고 이층의 창문에서 우리를 노려보고 서 있는 한 남자를 발견했다. 여인의 남편이었다. 그는 분명 우리를 향해 총을 겨누고 있었다. 아니, 그건 총이 아니라 인간 세상의 모든 불행을 주관하고 있는 위악의 상징이었는지도… 나는 남자의 손에 들린 그 검은 물체를 보는 순간 혼비백산하고 말았다.

 지금도 난 여자가 나에게 무어라고 다급히 외쳤던 순간만 산발적으로 떠오를 뿐 더 이상은 아무것도 기억이 나지 않았다. 너무나 혼비백산했던 나머지 그날 어디에 그 여자를 내려놓고 돌아왔는지, 그 여자가 내 차에서 내린 후 다시 자기 집으로 되돌아갔는지… 그리고, 그날 어떻게 집으로 돌아왔는지조차 생각이 나지 않았다. 그저 죽을 뻔했다, 십년감수했다는 생각뿐이었다. 거미줄에 걸려 죽을 뻔했다는 위기감….

 '거미여인'에 관한 소식을 듣게 된 것은 얼마 후 뉴스를 통해서였다.
 한 남자가 놀음벽(癖)으로 인해 파산한 후, 부인과 동반자살했다는 비극적 뉴스가 호들갑스럽게 저녁 프라임 뉴스 시간에 여러 번 올라왔지만, 더 이상 아무것도 확인하고 싶지 않았다.
 내 머릿속으로 사하라사막을 삼키며 들이닥치는 거대한 모래폭풍이 몰아쳤다. 몇 세기를 지나며 대지를 통째로 무너뜨리는 지진의 거대한 굉음을 듣는 것 같은 환청에 시달려야 했다.

나는 그날 이후 저녁 뉴스를 보지 않았다. 더 이상 세상에서 환상이 깨지는 소리를 듣고 싶지 않았다. 물론, 그 후 다시는 거미여인의 전화를 받지 못했다.

나는 바람에 걷잡을 수 없이 흔들리고 있는 위태로운 거미줄을 찬찬히 바라보았다. 거미줄로 지어놓은 공중누각은 센 바람을 더 이상 견디지 못하고 점점 더 한쪽으로 기울어지고 있었지만, 거미줄은 마지막 순간까지도 여전히 눈부시고 아름답게 빛나고 있었고, 붉은점모시나비들도 춤추고 있었다.

어디선가 모차르트의 피아노 협주곡 23번 2악장 아다지오가 들려왔다. 피아니스트 메나헴 프레슬러가 95세 때 연주한 아다지오였다. 한없이 완고하면서도 정교한… 아름다움의 극치를 보여주는 연주… '시칠리아노 리듬'이라고도 불리는 애잔한 피아노 도입부와 마지막 부분 직전에 끊어질 듯 끊어질 듯 이어지는… 이건 필연적으로 더 이상 이어질 수 없는 모든 관계들에 대한 메타포라고 해야 할 애잔한 선율과 선율… 그 선율의 사이를 스쳐 지나갈 때마다 나의 마음을 뒤흔들어 놓는 이 믿을 수 없이 아름다운 아다지오는 너무나 행복하기에 또 슬픔을 이야기할 수밖에 없는 곡임이 분명했다.

  알 수 없는 슬픔이 전율처럼 또 한 번 내 마음을 찌르르 흔들고 지나갔다. 거미여인은 어디로 갔을까, 지금 어디서 진한 커피를 마시며 모차르트의 아다지오를 듣고 있을까? 물음에 답하듯 무언가 반짝이고 있었다. 눈물이었다. ✣

김 노인과 남편과 오소리

오늘도
우거진 숲길을
지나는 오소리는
이끌고 가야하는
식솔들이 있다.
엄마와 아빠는 귀여운 아이들을
자랑스레 앞세우며 걷고 있다.
그래, 가족들은 늘 그렇게 함께 가야지
매일 제 식솔들과 함께 다니는
오소리 가족들은 지금
어디로 가고 있는걸까?

소나 돼지도 도살되기 직전에는 몹시 괴로워한다고 하지 않는가?
다만 동물들의 감정을 인정하지 않는 인간들의 생각이 부조리한 것이다

 평소에 별로 가깝게 지낸 적도 없었던 김 노인이 여자를 보며 반색을 했다. 여자는 누군가가 아는 척하며 다가와 세상을 떠난 남편의 이야기를 들먹이는 게 제일 싫었다. 그래서 평소에도 김 노인을 경계해온 터였다. 언젠가도 김 노인이 말했었다.
 "그 사람, 일찍 저세상으로 가길 잘했지! 그동안 얼마나 몸이 불편했겠어?"
 그랬다. 남들은 대게 여자의 남편에 대해 그런 식으로 가볍게 말했다. 남편이 그렇게 아픈 몸으로 더 고생을 하느니 저세상으로 가는 편이 났다고 멋대로 결론을 지어버렸다. 하지만 도대체 저세상으로 가는 편이 나은 사람이 어디 있느냐 말이다. 여자는 혼자 항의하곤 했다.

'아니, 당신들이 내 남편에 대해 뭘 그렇게 안다고.' 정말 나를 위하는 거라면 차라리 침묵해 주는 편이 낫다. 남들도, 여자 자신조차도. 죽음이란 그렇게 함부로 말할 수 있는 영역이 아니다. 여자는 푹 한숨을 내쉬었다. 김 노인은 남편의 이야기를 꺼내지 말아야 했다. 여자는 김 노인이 못마땅했다. 하기야 못마땅한 건 그뿐이 아니었다. 아흔이 가까운 나이에도 그가 시도 때도 없이 흥얼거리는 '야, 야, 야, 내 나이가 어때서…'란 노래도 사실 듣기에 민망했다.

소문에 의하면 김 노인은 젊었던 시절 아주 잘 나갔던 공무원이었고 몇 번인가 이혼을 한 전력이 있다는 것이다. 이혼을 할 때마다 전 부인들이 아이들을 데려가서 길렀다고 했다. 도대체… 그녀는 좌우로 고개를 흔든다. 이해할 수가 없다. 결혼이 장난이라고 생각하는 건지… 왜? 함부로 헤어지는 것인지… 암튼 김 노인은 현재의 부인과 만나 그야말로 호젓이 살고 있었다. 남의 일이긴 하지만 여자 마음이 아팠다. 아버지와 떨어져 엄마를 따라가서 살아야 하는 아이들의 고달픈 모습이 떠올랐고 그건 옳지 않다는 생각이 들었다. 그러나 정작 김 노인 부부는 그런 사실을 아무렇지 않다는 듯 털어 놓았다. 전 부인들이나 자식들이란 아예 안중에도 없는 것 같았다.

여자는 세상에서 가정을 지키지 않는 이들이 가장 못마땅했다. 아무리 세상이 변했다 해도 아무리 결혼하는 가정의 수가 줄어드는 세상이라고 해도. 그래도, 그래도 가정과 결혼은 인간의 삶에서 떨쳐버릴 수 없는 가장 중요한 부분이라고 생각했다.

우거진 나무숲이 있는 탓인지 동네엔 자주 오소리들이 출몰했다. 오소리들은 제 식솔들을 모두 함께 데리고 다녔다. 어미 오소리, 아비 오소리가 새끼 오소리들을 끌고 다니는 모습을 볼 때마다 주인 잃은 애완용 개를 보는 것처럼 애잔하게 느껴져서 여자는 오소리들이 지날 것 같은 길모퉁이에 살짝 먹거리들을 놓아두곤 했다. 멀쩡한 인간들도 살기 힘든 세상에 오소리들은 얼마나 사는 게 힘들까. 제 한 몸도 건사하기 힘든 세상에 식솔들을 모두 거느리고 사는 오소리가 의젓하고 아름다워 보였다.

여자는 자신의 남편을 생각하면 안타까웠다. 아무리 사는 일은 고행이라고 하지만 정말 여자의 남편은 세상을 살아가는 동안 너무나 힘든 일들을 많이 겪었다.

"할 말이 있으면 내가 직접 해야지 왜 남들이 우리 아이들 아빠에 대해 이러쿵저러쿵 하냐고요?"

한 번은 마켓에서 만난 순이 엄마에게 여자는 투덜댔던 적이 있었다.

"옥이 엄마, 너무 섭섭하게 생각하지 말아요. 그저 덩그마니 혼자 남겨진 옥이 엄마가 가엾고 안타깝게 저세상으로 떠난 옥이 아빠 생각 때문에 그러는 거니까."

마켓을 보던 김 노인이 그들에게 다가와서 말참견을 했다. 여자는 김 노인이 자신의 남편에 대한 어떤 이야기도 할 자격이 없다는 생각에 입을 꾹 다물었다.

'그래, 멋대로 세상을 사는 인간과 그렇지 않은 이가 같을 수는 없지.'

김 노인과 함께 사는 여인은 걸핏하면 명품을 걸치고 나오지만 그녀가 돈 많은 노인들만 공략하며 살아온 인물이란 건 모두들 알고 있었다. 여자는 그녀야말로 *아바바바란 동화 속에나 등장할 마녀 같다고 생각했다. 새 남편과 살기 위해 의붓딸을 죽이려고 속임수를 쓰는 교활한 마녀, 아바바바. 마녀는 의붓딸을 자신의 자매에게 보냈지만 의붓딸이 그 함정을 모두 벗어난다는 이야기다.

여자는 그녀가 결국 아바바바와 같이 자신만을 생각하는 야비한 이기주의자라고 생각했다. 무능하다는 이유만으로 몇 번인가 남편을 갈아치우고 자식들을 함부로 내버려두며 살아온 인물이다. 김 노인 역시 마찬가지다.

여자는 이 세상이 자기 마음대로만 살 수 있는 곳이 아니라고 생각했다. 더구나 인간의 도리를 지키며 인간처럼 사는 일은 더 더욱 어려운 일이었다. 그렇기에 여자는 무언가를 결정하는 일도 심지어 여행을 떠나는 일도, 지인을 만나는 일도, 가정사와 맞물리면 포기하는 게 주부의 몫이라고 생각했다. 물론, 운이 좋은 이들처럼 너그럽게 이해해 주는 남편을 만나지 못한 여자의 입장에서 하는 말이다. 아무튼 여자는 자신의 삶이 운명이라고 생각했다.

여자의 삶도 남편과 순탄했던 건 아니다. 마음속으로는 늘 불만을 품고 살았다. 직장을 다니다 만난 남편은 언제나 가난했던 시댁의 경제를 도와야 했다. 동생들이 자그만치 여섯이었지만 남편은 홀시어머니와 그 여섯 동생들을 끔찍이 아꼈다.

여자는 대학을 마친 후 직장을 갖고 일을 해서 돈을 모아 패션 디자인을 공부하고 싶었다. 언젠가는 이룰 성공을 꿈꾸었다. 자신만의 경제력을 갖추고 싶었다. 그런 이유로 직장을 계속 다니고 싶어 한 여자와 달리 남편은 결혼한 후부턴 마음대로 밖을 나가거나 직장을 갖는 걸 포기하도록 종용했다. 가족을 돌보아야 한다는 이유였다. 직장을 그만둔 후부터 여자는 전혀 경제력을 가질 수 없었다. 남편의 능력으로는 집안의 경제 사정은 늘 제자리걸음이었다.

  남편은 시댁의 일에만 관심을 두었을 뿐 아내에 관해서는 관심밖이었다. 여자는 직장을 다닐 때처럼 부모님과 형제들의 생일을 챙기거나 절친의 생일선물조차 보내줄 수 없었다. 귀여운 조카가 태어나도 선물을 못 보내게 될 것 같아 조바심부터 해야 했다. 남편이 '내 사람'이라는 이유로 무심했기에 여자는 미리부터 자신의 미래 따위는 모두 포기했다. 직장을 다니며 모아둔 돈으로 집을 장만하거나 이런저런 살림에 보태고 나니 자신의 노력만으로 키워갔던 경제적 흔적조차 모두 사라졌다. 자신만의 미래와 희망을 꿈꾸어 볼 수도 없었다. 아내의 존재감은 아무 곳에도 없었다. 엄밀하게 말하면 아내의 삶은 온전한 가정부로 전락하고 말았다. 잡다한 집안일들이 오붓했던 시간 위에 쓰나미처럼 덮쳤다. 숨도 쉴 수 없었다. 집안일들을 모두 마치고 나면 몸이 약했던 여자로서는 자신만의 시간을 대면한다거나 자신을 생각해 볼 기력조차 남아있지 않았다. 게다가 남편의 친지들과 친척들 그리고 직장과 연계된 지인들이 끊임없이 찾아왔다. 이건 아니라고 생각했지만 남편의 사고방식을 고칠 수는 없었다.

여자는 주변 사람들이 이혼을 하고 재혼을 하며 마음먹은 대로 살아가는 모습을 볼 때마다 흠칫 놀라곤 했다.

아무리 견디기 힘들고 불만이 많았어도 여자에게는 자신의 아이들이 있는 소중한 가정을 지키는 일이 무엇보다 중요했다. 이혼을 생각해 본 적은 없었지만 훨씬 나중에 꿈에라도 이혼을 생각해 보지 않은 자체를 후회한 적은 여러 번이었다.

남편이 세상을 떠난 후 정말이지 자신에게 아무것도 남겨주지 않았던 사실을 알게 되었을 때, 남편이 자신의 막내 동생의 집을 사는 데 보태기 위해 그야말로 자신과 아이들을 위해 남겨질 마지막 생명보험조차 해지한 사실을 시동생을 통해 알게 되었을 때, 여자는 이혼하지 않은 것이 후회스러웠다.

마켓에서 김 노인이 누군가와 이야기를 나누고 있었다.
"아 글쎄, 웬 오소리가 우리 마당으로 들어와서 돌아다니더라고. 그런데 그놈이 요즘 내가 새로 심어 놓은 화초

들을 밟으며 지나는 순간 나도 모르게… 들고 있던 곡괭이로… 그런데, 그런데… 하필이면 그 오소리가 에미였던가봐!"

여자는 소스라치게 놀랐다. 정말 충격적이었다. 김 노인이 오소리를 죽였다니… 도대체 왜? 함부로 오소리를 죽였단 말인가? 탄식이 절로 나왔다. 김 노인은 오소리를 죽이지 말아야 했다. 절대로! 그 오소리에게는 소중한 식솔들이 있었다.

"다음날 아침에 말이야! 아 글쎄 내가 집을 나와 걷고 있는데 왠 오소리가 다짜고짜 나에게 달려들더니 아 글쎄, 내 팔을 꽉 물어버리고는 달아나더군. 피할 새도 없이 말이야! 내 참! 팔에서 어찌나 피가 쏟아지던지… 현기증 때문에 죽을 뻔했다니까."

김 노인은 이웃에게 하얀 붕대가 칭칭 감긴 팔을 내보였다. 그러고 보니 김 노인의 얼굴은 창백했고 하얀 붕대엔 아직도 빨간 피가 스멀스멀 스며들고 있었다.

'어쩐지…'

여자는 소름이 끼쳤다. 그러고 보니 잠결에 짐승들이 슬피 우는 소리를 오래도록 들었던 것 같았다. 여자는 인과응보를 떠올렸다. 오소리는 분명 자기 식솔을 죽인 김 노인을 기억하고 있었던 것이다. 그래서 김 노인에게 앙갚음을 한 게 분명했다. 동물에게 인간과 같은 감정이 없다고 단정지을 수 있을까? 동물들도 나름 자신만의 깊은 생각을 하지 않는다고 어떻게 단언 할 수 있는가?

소나 돼지도 도살되기 직전에는 몹시 괴로워한다고 하지 않는가? 다만 동물들의 감정을 인정하지 않는 이기적인 인간들의 생각이 부조리한 것이다. 여자는 김 노인이 마음에 들지 않았다. 오소리 사건 때문에라도 마음이 편치 않았다. 김 노인이 괘씸했다.

여자의 눈앞에 오소리의 가족들이 떠올랐다. 여자는 세상의 모든 가족들도 늘 그렇게 함께 가야 한다고 생각했다. 매일 제 식솔들을 거느리고 다니는 오소리처럼.

말하는 코끼리

"너에게 그런 사연이 있는 줄은 미처 몰랐어!"

코끼리가 갑자기 내 앞에 나타나 말을 건넸다. 나는 그날 정원을 걷고 있는 중이었는데 막 해가 지고 난 시각이었다.

"누트가 태양을 삼켜서 너무 어두워!"

나는 어떤 격앙된 목소리가 외치는 소리를 들었던 참이었다. 그러고 보니 믿을 수 없을 만큼 아름답고 새빨간 장밋빛 볼을 물들이던 석양이 모두 사라지고 사위에 어둠의 물결이 출렁이고 있었다.

"걱정 마! 누트는 저녁마다 배가 고파서 태양을 삼켜버리지만, 아침이면 배가 불러지니까 삼켰던 태양을 토해 낼 거야!"

아! 그리고 난 신화를 믿어야 한다는 생각이 들었고,
비로소 신화를 이해하기 시작했다

누군가 내게 속삭이는 소리를 듣던 순간 난 깜깜한 층계 앞에서 갑자기 덩치 큰 푸른 코끼리와 맞닥뜨렸던 것이다.

"잠깐! 할 얘기가 있어!"

코끼리가 먼저 말을 걸어왔다. 사실 놀라긴 했지만 그 말하는 코끼리가 조금도 두렵지 않았다. 아니, 친숙하게 느껴지기까지 했다. 사실, 코끼리와 대화를 튼 순간이 조금 문제였지만 일단 서로 대화를 튼 후엔 의외에도 모든 게 자연스럽게 흘러갔다.

대화란 원래 서로 허심탄회하게 마음을 나누는 것이고, 마음이란 한 존재의 영혼과 관계가 있는 일이니까… 내 대화의 상대인 코끼리는 무슨 일인지 사람의 몸(?)을 가지고 있었다.

"내가 누군지 알아요?"

"!!"

난 코끼리가 묻는 말에 깜짝 놀랐다. 간혹 누군가가 그런 안하무인격의 허무맹랑한 질문을 해오긴 했지만 코끼리까지? 정말 의외였다. 암튼 난 그런 말투는 질색이었다. 그런 질문은 마치 세상이 모두 자신을 알고 있어야 한다는 듯 혹은 안다는 듯 생각하지만 그건 사실 말도 되지 않는 질문이 아닌가?

그런데 코끼리는 달랐다.

"난 지금까지 이 지구를 지탱해 왔다고요."

난 코끼리의 말에 깜짝 놀랐다.

"??"

그러고 보니 태국에서 코끼리에게 피아노를 쳐주던 피아니스트의 사진을 본 적이 있었다. 폴 바튼이란 피아니스트였다. 과연 폴 바튼이 코끼리에 대해 어떻게 생각하고 있는지가 궁금했었다. 그는 분명 코끼리들을 자신의 가족이거나 혹은 절친이거나 자신의 진정성 있는 청중으로 생각하고 있는 게 분명했다. 아니, 어느 사학자처럼 지속되는 코끼리의 고난에 대해 가엾게 생각한 나머지 위로

해 주고 싶었던지도 모른다. 아니, 어쩌면… 그동안 힘겹게 지구를 지탱하고 있었던 코끼리의 노고를 칭찬해 주기 위해 피아노를 쳐주었던 걸까?

아아! 그래, 그러니까 지구는 그냥 공중에 밑도 끝도 없이 떠있었던 게 아니었다고? 아하! 하긴… 하다못해 화병 하나에도 받침대가 있는데… 그랬구나! 그랬었구나! 하물며 지구에게도 받침대가 있었겠지… 분명히… 모든 이들이 결국 자신의 힘든 삶을 막무가내로 지탱하며 살아가야 하듯이 말이야. 그러니까 코끼리는 그동안 가엾게도 아니, 훌륭하게도 그 오랜 세월동안 지구를 통째로 지탱하고 있었다는 것이다. 그러니 얼마나 훌륭한 코끼리인가?

"물론, 나는 혼자가 아니었어. 혼자가 아니라 넷씩이나 그 세월을 함께했었던 거지."

푸른 코끼리의 말이었다.

"뭐라구? 넷이 함께였다고? 너 역시? 아! 그럼 그리 외롭진 않았겠군? 아! 몹시 외로웠다고? 아!"

난 감탄했다. 그러고 보니 신화란 이렇게 시작되는 거라는 생각이 들었던 것이다. 이전에도 어렴풋이 푸른 코끼리에 관한 신화를 들었던 기억이 있었다. 사실, 코끼리만이 아니라 나 역시 넷이란 숫자가 함께하는 삶이 어떤 건지를 이미 경험을 통해 알고 있었다. 그것은 결국 횡적이 아닌 종적인 관계였다. 나는 일기장에 시처럼 기록해 놓았다.

　아버지가 세상을 떠나고
　한 가정이 엉망이 되어버리자
　언니는 기숙사 생활을 접고 집으로 돌아왔다
　불행과 기적이 끊임없이 직조되던 나날
　영양실조
　닫혀지지 않는 심장
　가빠오는 숨결

난 가끔 외롭고 힘들어도 혼자여서 좋다는 생각을 하는 편이었다. 혼자일 때는 일단 다른 이들로 인해 시달리지 않아서 좋았다. 남의 고통을 인지하지 못하는 이들과 함께해야하는 상황에 대한 피해의식이 뚜렷한 상처로 남아 있었다.

코끼리가 들려준 이야기는 대강 이랬다. 원래 고대의

인도인들은 네 마리의 코끼리들이 지구를 떠받치고 있다고 믿었다는 것이다.

"얼마나 힘 들었을까? 자신을 지탱하기도 힘든 세상에, 아니, 한 가정을 지탱하기도 힘든데 지구를 힘겹게 지탱하고 있던 네 마리의 코끼리들은…."

그런데 지구를 지탱한 건 코끼리만이 아니었다니… 코끼리는 거북이의 등을 짚고 선 정황이었고, 거북이는 코브라의 머리 위에 온 몸을 지탱해야했다. 그 코브라의 포스가 얼마나 불안할는지는 가히 짐작하고도 남음이 있었다. 상당히 어지러운 상황이었을 게 뻔했다.

고대의 인도는 유난히 지진이 많았다는 사실을 증명하려고 그랬던 건지 아님 실제로 코브라의 머리가 수시로 흔들렸는지 자세히 알 수는 없지만 아무튼 바람 잘 날 없는 상황이었던 것만은 분명했을 것이다.

그러고 보니 우리 형제자매들의 삶 역시 그랬다. 세상은 늘 우리 가족을 쥐고 흔들었다. 허겁지겁… 그래도 지금 생각해 보면 우리 형제들은 아무것도 변한 거라곤 없는 것처럼 그렇게 거침없이 살아왔던 셈이다. 우리가 온 몸으로 매달렸던 환경은 흡사 코끼리가 올라탄 거북이의 등 같던 상황, 아니, 코브라의 머리 위에 올라탄 거북이의 형상이었다. 그때는 정말 바람 잘 날이 없었다. 상황은 조금도 나아질 기미가 보이지 않았다. 그래도 곧 모든 일이 잘 될 거라고 굳게 믿었다. 중구난방으로 흔들리는 코브라의 머리처럼 그 시대는 사실 중구난방의 시대였다.

  사실 지금도 몹시 혼란스런 시대긴 하지만 내가 어릴 땐 그런 시대가 있었다. 그래도 사람들은 늘 착각 속에 살고 있었다. 자신이 무슨 뛰어난 사람이라고 생각했다. 만물의 영장이라고? 어리석을수록 그런 착각은 더 심해졌다. 모든 일은 잘 되지 않았고 시간이 갈수록 스스로가 뛰어나다고 생각했던 사람들은 누구보다 어리석은 이들이었음이 밝혀졌다. 인간! 인간은 왜 이리 어리석은가? 결국 인간들의 잘못으로 전쟁이 일어났고 전쟁을 겪었고 인간들의 잘못으로 수없는 이들이 다치거나 목숨을 잃었고 인간들의 잘못으로 많은 이들이 고통을 겪었다. 모두 다 인간들의 책임이었다. 그래도 인간들은 늘 자신이 잘났다고 생각했다. 가소로운 일이었다. 세상은 코브라의 머리처럼 점점 더 변덕스럽고 혼란해질 뿐이었다.

  코끼리의 정체는 무엇인가? 난 코끼리가 꽤씸했다. 코끼리는 늘 나를 짓누르던 고통이었다는 알리바이가 입증

되었다. 코끼리가 그 행운의 상징이란 알량한 제 몫을 다해 주었더라면… 그럼에도 불구하고 흔들리지 않았더라면… 설혹 코브라의 머리를 짚고 선 거북이의 등이 좀 부족하고 미끄러웠다고 한들 말이다. 모든 것이 어그러진 건 모두 코끼리의 탓이었다.

지금도 푸른 코끼리는 세상을 살아가는 내 앞에 늘 나타났다 사라졌다하며 나를 헷갈리게 했다. 나쁜 코끼리, 흠, 지가 무슨 신비한 신화 속의 인물이나 된다고… 난 사실, 코끼리를 믿었단 말이다. 모두들 코끼리가 행운의 상징이라고 하지 않았던가? 믿는 도끼에 발등 찍히듯, 소문난 잔치에 먹을 것 없다는 말처럼 생각해 보니 화가 치밀었다. 행운의 상징이라고 해봤자 코끼리는 늘 고난 속에서 갈팡질팡 전진과 후퇴를 반복해 오지 않았던가?

더 나은 삶을 찾아 이곳저곳을 헤매 다녀보기도 했겠지… 수많은 식솔들을 끌고… 오죽 살기 힘들어서 떠났을라고… 그러나 결국 덩치 큰 푸른 코끼리들을 반겨줄 샹그리라는 없었을 것이다. 아니, 끝내 없었던 모양이다. 그래서 그 어려운 여정이 흐지부지 끝나고 말았겠지… 어쨌거나… 초원을 돌아다니며 스스로의 허기를 달래야 하거나 동물원에 갇혀 사람들의 구경거리로 머무는 신세거나….

그런 가하면 언젠가 태국으로 여행을 가서 보았던 코끼리는 요상한 화장을 진하게 그린 얼굴로 늘상 제 등허리가 휘도록 사람들을 태우고 다니는 가엾은 신세였다. 행운의 상징이라는 제목이 무색할 지경이었다.

지구 밖에서나 지구 안에서나 코끼리의 운명은 늘 불행했는지 모른다. 아니, 불행했다. 늘 생존하기 위해 쫓겨다녀야 했다.

'그래! 행운은 없다. 진정한 행운은 로토 같은 게 아니다. 결단코! 절대로 말이다. 심지어 사람들의 행운을 좌지우지 한다는 코끼리의 운명도 그럴진데 내 운명이야 더 말할 나위가 있을라고….'

난 실망하고 말았지만 결국 모든 세상일도 알고 보면 그런 식이었다.

거북이와
불운의 코끼리와 전쟁과
코브라의 머리와 나의 중구난방의 시대
고통과 알리바이와 어그러진 꿈
자의반 타의반으로 그림이란 생업을 선택하게 된 코끼

리

코끼리란 행운의 상징과 변덕스런 운명이란 퍼즐이 조금씩 아귀를 맞추기 시작했다. 나는 이제 나의 산만한 생각들을 정리할 때라고 여겼다.

아! 그리고 난 신화를 믿어야 한다는 생각이 들었고, 비로소 신화를 이해하기 시작했다.

코끼리도 결국
그 나름대로
많은 시련들을
이겨냈던 것이다.
변덕스런
운명을 맞을 때마다
고통스러운 불운의 제단을
거침없이
오르기 위해.

그림 그리는 코끼리

"이봐! 무슨 생각을 그렇게 깊이 하는 거야?"
푸른 코끼리가 나에게 물어왔다.
"글쎄, 요즘은 통 글이 써지지가 않아 고민이라고."
그러자 코끼리는 최인호 소설가 이야기를 해주었다.
"글을 시작할 땐 일단 '참 이상한 일이다.'로 시작하라구, 그럼 그 문장이 소설을 끌고 가지. 이렇게 말한 최인호 소설가는 아마도 이 세상을 잘 꿰뚫어보았던 현자였나 봐."
"아! 결국 인간은 글을 쓰는 인간이라는 호모 스크립투스니까… 글쓰기의 빌미가 될 수 있는 그런 어구가 꼭 필요하지 않겠어? 더구나 인간이 그 호모 스크립투스의 역할을 안 맡는다면 누가 맡아야 하겠어?"

나는 더 열심히 글을 쓸 예정이야! '참 이상한 일'은 지구상에서
더 이상 일어나지 않아야 한다고 경고하기 위해서라도 말이지

"물론이지! 그렇지만… 나를 보라고… 내가 지금은 비록 그림을 그리고 있지만 이런 나 역시 언젠가는 글을 쓸 수 있는 날이 올지도 모르지 않아?"

나는 푸른 코끼리의 말에 깜짝 놀랐다. 고개를 들고 보니 코끼리는 제법 머리에 베레모까지 쓰고 있는 영락없는 화백이었다. 그 뿐만이 아니라 길고 유연한 코끝에 붓을 물고 물감 통에 푹 코를 담근 후 스케치 북 위에 푸른 물감을 뚝뚝 흘리며 그림을 그리고 있었다. 왜 푸른 코끼리가 되었는지를 한 눈에도 알 수가 있었다.

코끼리가 그린 그림을 보니 과연 화가로서도 손색이 없다. 그럴 듯하다. 코끼리의 옆엔 코끼리가 그리다 만 스케치도 몇 장 보였다. 하기야 코끼리는 자의반 타의반으로

그림을 그려내고 있었던 것이다. 코끼리가 색색의 물감 통에서 페인트를 묻혀낸 후 흡사 잭슨 폴락? 테크닉으로 절묘하게 그려낸 그림들을 얼마에 파는지 화랑에 얼마나 전시료를 지불하며 전시회를 여는지 알 수가 없다.

"네가 그림을 그린다고?"

내가 코끼리의 모자와 코끝에 달린 붓을 번갈아 바라보며 묻자 푸른 코끼리는 심각한 표정으로 고개를 끄덕이며 말했다.

"난 사물을 볼 때마다 그림으로 남겨보고 싶다는 욕구를 키워가곤 했으니까."

"나 역시 그랬었지."

"그런데 만약 내가 글을 쓰게 된다면 나 역시 '참 이상한 일이다.'란 문장을 쓰게 될 것 같아! 물론, 우리 엄마는 늘 나에게 '넌 그저 잘 먹고 잘 걷기만 하면 되는 거야!'라고 말씀하셨지만… 그거야 우리 모두가 살기 좋았던 시절의 이야기고. 지금은 세상이 참 이상하게 돌아가고 있지 않아?"

코끼리가 말했다. 왜 아니겠는가? 사실, 문학작품이 글로 쓴 그림이라면, 미술작품은 분명 그림으로 그린 글이 아닐까? 그림을 그리는 코끼리가 글을 쓰지 못할 이유란 없다.

"난 사실, 피그카소란 돼지가 그림을 그리는 걸 본 적도 있어. 일각에선 돼지가 공연히 인간의 영역인 예술세계를 파고 든다고 못마땅해 했지만 내가 보기엔 솔직히 웬만한 미술작품들보다 월등히 좋은 그림이었어. 생동적인 색감과 다양한 구도에 이르기까지."

"으음…."

"그리고 네 스케치는 내가 보기에는 살바돌 달리가 그리다 만 스케치보다도 확실히 완성도가 높다고."

"설마… 살바돌 달리 어르신보다? 그래도 그런 얘긴 하지 마시길…."

코끼리가 당혹스러운 듯 재빨리 주변을 돌아보았다.

"도대체 왜? 달리는 스케치를 하다 만 걸까?"

"달리 어르신은 대가 중에서도 대가신데 내가 어떻게 알 수 있겠어?"

"그래도 예술이란 우리 모두를 위한 거야. 그래서 모두들 전 세계에 있는 뮤지엄을 찾아다니지 않아?"

나는 '참 이상한 일이었다.'의 위력을 실감했다. 과연! 이 문장은 요술 같았다. 왜냐하면 이 세상의 모든 일들은

'참 이상한 일'이 분명했으니… 코끼리만 하더라도 '푸른 초원에서 종일 잘 먹고 잘 걷기만 하면 될 일을' 긴 세월 동안 방황을 해야 했으니. 그보다 더 이상한 일이 어디 있는가?

"내가 그림을 그리기 시작한 이유는 결국 우리 코끼리의 세상도 인간 세상과 다름없이 많은 변화가 있었기 때문이지."

코끼리가 말했다.

사실, 인간이 예술을 통해 자신의 상상력과 감성을 표현할 수 있듯 동물들도 분명 자신들의 예술적 감성을 표현할 수 있음이 증명된 셈이 아닌가? 물론 아직은 연구가 진행 중이고 논쟁의 여지도 있다지만 나는 동물들도 나름 자신들의 예술세계를 보여주었다고 믿었다. 우리는 분명 동물의 뇌 회로에 입력된 예술적 감성의 유전자를 검증해 보기 전에 그림을 보아야 한다. 그림이 바로 그 해답이다.

단지 동물이 인간의 언어로 표현할 수 없다는 이유만으로 그림을 그리는 돼지와 코끼리, 침팬지의 그림을 부정할 수는 없는 것이다.

"그래도 나는 '그럼에도 불구하고'란 문장을 사용해 보고 싶어! '그럼에도 불구하고' 우리는 우리의 삶을 이어 가야하니까."

'참 이상한 일이었다.' 〈깨진 유리창 이론〉은 건물이 초라할수록 그 건물을 더 함부로 하고 싶은 심리작용을 일으킨다는 이론이다. 항간의 누군가는 〈깨진 유리창 이론〉이 누군가의 이론의 정당성을 부여하기 위해 만든 허구라고도 하지만 나는 〈깨진 유리창 이론〉이 타당성 있는 얘기라고 생각했다. 그렇지만 '그럼에도 불구하고' 모든 불운을 피해 가야만 한다고⋯ 그때 푸른 코끼리가 나에게 말했다.

"〈깨진 유리창 이론〉을 건물이 아닌 사람의 경우로 보아도 역시 같은 현상이 일어나지 않을까?"

사실 그랬다. 그러니까 인간들은 심심풀이로 다른 이들의 깨진 유리창뿐만 아니라 아주 멀쩡한 유리창까지도 잔인하게 깨뜨려버리고 싶어 하는 그런 잔인성을 가졌는지 모른다. 그래서 지금 세상이 이렇게 뒤숭숭하게 흘러가는 게 아닌가?

"그러니까 그것 역시도 일종의 원죄와 같은 필연적 이유와 관계가 있는지도 모르지."

나는 코끼리의 말에 긴 한숨이 절로 나왔다.

"정말 해도 너무해!"

사실, 요즘 들어 또 다시 유리창이 깨지는 날카로운 굉음이 여기저기에서 들려오고 있었다. 그것은 늘 조금 더 내 뒤쪽에서 나는 소리였다. 아니, 건물의 일부에서 나는 소리인지 모른다. 뉴스를 통해 들려오는 소식은 그저 어두운 소식들뿐이다. 어제도 그제도 사람들은 총을 들고 나와 소중한 이웃들을 이유 없이 죽였다는 소식이다. 누구나 총기를 가질 수 있는 미국이니 누구나 기분에 따라 사람을 죽일 수도 있단 말인가? 이유 없이 아까운 생명이 목숨을 잃고 있다.

"세상은 진화하고 있는 걸까?"
푸른 코끼리가 물었다.
"아니, 제자리걸음만 하고 있어!"
"내가 볼 땐 분명 뒷걸음질 하고 있어."
"아니, 미개한 시대로 역행하고 있어."
"그건 그래! 사실, 안타깝게도 그때나 지금이나 사람들은 이유 없이 밖으로 뛰쳐나와 또 다른 사람들을 죽이고 있지."
같은 인간에게 같은 인간들이 목숨을 잃고 있는 세상이

다.

"'그럼에도 불구하고' 거기에는 꼭 무슨 방법이 있다고 생각해! 난 그런 방법을 찾아낼 거야. 그냥 이상하다고 가만히 있으면 절대로 안 되는 거야!"

"그래! 나는 나의 행진을 지속할 예정이야! 저 먼 지평선 너머 어딘가 분명 샹그릴라가 있을 테니."

코끼리가 말했다.

"나도 그래! 나는 더 열심히 글을 쓸 예정이야! '참 이상한 일'은 지구상에서 더 이상 일어나지 않아야 한다고 경고하기 위해서라도 말이지."

코끼리와 이야기를 나누긴 했지만 나의 마음은 여전히 무겁기만 했다. 그때였다. 어디선가 경쾌한 오케스트라의 연주가 들려왔다. 가만히 귀 기울이자 언젠가 보았던 영화 《하타리Hatari》의 주제가였다. 그러나 하타리란 영화는 슬프게도 아프리카 대초원에서 벌어지는 야생동물 생포에 관한 영화다. 이 지구상에서 감히 누가 누구를 생포하고 죽일 수 있단 말인가? 알고 보면 슬프게도 이 지구상에서 생포당하고 죽지 않는 생명은 하나도 없다. 나는 공연히 촉각을 곤두세웠다. 온 세계가 그저 하나의 꽃이라고… 세계를 하나로 묶어주었던 아프리카의 초원은 어느덧 피바다가 되고 상아를 빼앗긴 코끼리는 식용으로 팔리고 있다. 많은 코끼리들이 죽어가고 있다. 사실 코끼리만 아프리카에서 포획당하고 살육당하고 있는 게 아니다.

'아기코끼리의 걸음마' Baby elephant Walk는 작곡가 핸리 맨시니Henry Mancinid의 대 히트곡으로 피콜라 선율이 경쾌하게 코끼리가 있는 대초원의 푸르른 정경을 담아 보이고 있다. 연주를 가만히 듣다보니 일어나서 코끼리와 춤이라고 추고 싶을 만큼 나의 마음이 흥겹고 경쾌해졌다.

'초원을 지나는 아기코끼리는 얼마나 귀여운 동물인가.'

아기코끼리는 아직 세상에 대해 아무것도 모른다. 이제 겨우 야생의 초원에서 엄마코끼리를 따라 뒤뚱뒤뚱 걸음마를 배우기 시작한 천진난만하고 한 없이 귀여운 아기코끼리. 생각해 보면 결국 모든 인간들도 이 우주에서 이제 겨우 우주의 걸음마를 배우려는 아기코끼리 같은 존재가 아닐까?

'참 이상한 일이었다.'

"보라고! 이 지구상에서 일어나고 있는 일들이 얼마나 이상한 일인지?"

푸른 코끼리가 나에게 고개를 끄덕였다.

"그동안 내가 지나온 도정을 생각해 봐!"

최인호 소설가가 소설가 지망생들이 글을 계속 이어 갈 수 있도록 힌트를 주었던 '참 이상한 일이었다.'가 아니라도 난 그만큼 절박할 만큼 글을 써야만 했다. 정말 세상은 이상했다.

"난 모두 다 알고 있어!"

푸른 코끼리가 말했다.

"'참 이상한 일'은 정말 많았지. 그러나 '참 이상한 일'은 늘 네가 계속 글을 쓰도록 원동력이 되었던 셈이지. '참 이상한 일'이 아닌 '참 이상한 이들을' 많이 보고 만나왔던 탓이고."

"그러니까 부조리한 사람들의 부조리한 사고방식에서 모든 부조리한 상황이 생기고 있지. '그럼에도 불구하고' 우리가 지나왔던 삶이란 통로…."

푸른 코끼리가 내 말투를 흉내 내는 바람에 우리는 함께 너털웃음을 웃었다.

"참 이상한 일이었다."

푸른 코끼리가 내 말에 동의하는 듯 고개를 끄덕여 주었다.

"난 지금도 묻고 싶어. 모에라이 운명의 여신들이여! 당신들이 이 지구상의 모든 존재들에게 한 일이 도대체 무엇이냐고? 당신들이 한 일이란 기껏 미리부터 그 운명의 유리창을 하나쯤 쉽게 깨뜨려버리고 만 게 아니었느냐고… 그 후 아우성치며 불운의 대지를 배회하던 모든 존재들의 도정을… 설마 당대의 영웅들처럼 훈련시키기 위해, 혹은 잃었던 부모를 만나는 여정을 떠나보내기 위해서… 혹은 그저 그 존재의 지혜를 한번 시험해 보기 위해서였다고는 하지 마시길….”

그때 내 옆에 서 있던 푸른 코끼리가 울먹이며 한마디 거들었다.

"부탁이야! 지금 그렇게 말하는 존재가 둘이라고 전해줘!”

나는 코끼리의 수정 같은 눈물을 닦아주며 말했다.

"그래! 그러지! 너도 그동안 참! 고달픈 여정을 지나왔지….'

"4000년 전만해도 우린 지구 위에서도 지구 아래에서도 아주 당당한 존재였지. 우리의 영역을 모두 빼앗기는 운명을 맞고 극단의 대 이동을 하게 될 줄이야… 길 없는 길을 떠나게 될 줄이야… 정말 산다는 일… 바람 잘 날이 없으니…."

"그래, 모든 길이 '길 없는 길이지' 지나고 보면 모든 일이 다 미스테리라고… 이 시시각각 변해가는 상황에 과연 어떻게 적응해 가느냐가 관건인 거지… 그래도 너의 길은 결국 네가 만들어가야 하는 거니까! 그러기 위해서라도 넌 열심히 그림을 그려야만 해!"

"그래! 나도 더 그림을 열심히 그려야 겠다고 생각해! 그게 바로 우리의 운명인지도 몰라! 우리가 죽을 때까지… 멈추지 않고 말이야! 아니, 세상의 모든 여정의 속성이 다 마찬가지긴 하지만…."

코끼리가 다시 고개를 끄덕였다.

"그래. 난 처음부터 내 앞을 가로막는 요상한 스핑크스의 말장난 같은 운명을 이겨낼 힘도 없기에 그저 와르르 근원에서부터 무언가가 깨지고 부서지고 무너지고 아수라장이 되어 헛짐이 나는 건 그 다음부터였지. 그러나 난 아직껏 건재하다고…."

"나 역시 그래!"

코끼리가 말했다.

"지금껏 살아있다는 게 가장 중요하지."

"포기하지 않았기 때문이야!"

"그래! 모든 시작에는 끝이 있고, 기인 하루해도 결국은 지게 마련이니까."

"아무리 깜깜한 밤에도 새벽이 오고!"

"지긋지긋한 고난도 끝나게 마련이야."

"그래 그리 비관할 건 없어."

코끼리와 나는 핸리 맨시니Henry Mancinid의 대 히트곡 '아기코끼리의 걸음마'에 맞춰 춤을 추기 시작했다.

피콜라가 그 끝없이 계속될 행복을 암시하는 듯 꼬불꼬불 유쾌하게 흥겹게 이어지고 있었다. ✺

두껍아 더 큰집 다오

"안녕하세요?"

옆집으로 이사 온 새 주인이 우리에게 인사를 건네왔다. 그리고는 곧 공사가 시작되었다. 새 주인은 지난번 주인이 몇 년 동안 고쳐놓은 집이 마음에 들지 않는지, 벌떼같이 모여든 일꾼들이 마구 집을 때려부수기 시작했다. 윙윙거리는 소음과 망치소리 그리고 일꾼들의 떠드는 소리가 계속 들려왔다.

어릴 때 부르던 노래가 떠올랐다.

'두껍아 두껍아

헌 집 줄게 새 집 다오'

인사를 나누었던 새 이웃 역시 플리퍼였다. 한참을 그렇게 시끄럽더니만 옆집이 무려 이백 팔십만불짜리 집으

난 끝까지 집은 사람을 담는 사랑의 그릇이라고 믿고 싶다
우리 생명을 잉태하고 길러준 어머니의 자궁처럼 아늑한 그릇이라고

로 둔갑했다. 과연, 플리퍼의 위력은 대단했다.
 아무래도 노래 가사를 바꿔 불러야 할 것 같다.
 '두껍아 두껍아
 큰집 줄게 더 큰집 다오'

 어릴 때부터 나는 늘 나만의 방이 있는 큰 집에서 살고 싶어 했다. 혼자서 쓸 수 있는 나만의 방을 갖고 싶었다. 그래서 모래집을 만들 때도 큰 소리로 노래 불렀다.
 '두껍아 두껍아
 작은 집 줄게 큰집 다오'
 하지만, 동네언니의 의견은 달랐다. 어릴 때 한 동네에서 살았고, 여고 때까지도 한 학교를 다닌 언니다.

"어떤 집에서 살건 무슨 상관이야? 난 단칸방이건, 어떤 집에 살건 아무 상관이 없어!"

언니의 말을 나는 이해할 수가 없었다. 어린 시절 그 언니는 아주 큰 집에서 살았다. 앞채는 양옥 뒤채는 한옥이었다.

나는 발코니가 있는 적산 이층집에서 대식구가 함께 살고 있었다. 자신만의 방을 가지고 있던 그 언니가 몹시 부러웠다. 여름이면 그 언니 집의 화단에선 수선화, 난초, 목련, 수국, 채송화, 해바라기, 제비꽃과 깨꽃, 들국화와 칸나 등 수많은 꽃들이 피어났고, 나팔꽃과 들장미 향기가 높디높은 담장을 향긋하게 둘러쌌다.

"난 내 집을 소유하고 싶지 않아! 언제라도 떠날 수 있는 자유로운 노마드의 삶을 아무것과도 바꾸고 싶지 않아!"

그 언니는 오지에서 불어를 가르치는 자신의 삶이 자유롭고 행복하다 했다. 나중에 부모님으로부터 물려받은 재산도 모두 오지에 갖다 주었다고 했다. 그녀는 단칸방도 좋고, 설혹 낭떠러지라도 함께 떨어질 수 있다며… 나이가 아주 많았던 우리 학교 영어 선생과 결혼을 했다. 사실 난 본의 아니게 그들의 메신저 역할을 몇 번 했었다. 도시

락을 선생님께 전달하거나 선생님의 편지가 든 도시락을 그 언니에게 주었다.

"그래! 대학을 졸업하자마자 집안의 반대를 무릅쓰고 아이가 있는 남편과 결혼을 한다고 난리도 아니었지… 집에서 쫓겨나 오랫동안 단칸방에서 살았어…."

그 언니의 음성엔 어스름한 달맞이꽃 그림자 같은 비애와 슬픔이 배어 있었다. 이제는 인생을 충분히 알고 있다는 그런 씁쓸한 체념도 진하게 담겨있었다. 당연한 귀결인 듯 불타오르던 그 언니의 맹목적 사랑과 결혼의 흔적은 모두 지워지고 그녀는 여전히 방황 중이었다.

"생각나? 밤이면 별빛 쏟아지던 언니의 방을 얼마나 부러워했는데…."

그녀는 내 말에 호탕하게 웃었다.

"그때는 정말 좋았지."

수화기 저편이 한동안 잠잠해졌다. 나는 더 이상 말을 잇지 못했다. 그러고 보면 사람들이 무심코 하는 말은 놀랍도록 의미심장하게 자신의 인생을 좌우한다. 말이 씨가 되고, 낮말은 새가 듣고, 밤 말은 쥐가 듣고, 혼잣말은 우주가 듣는다 했던가?

그럴 수만 있다면 아무리 초라해도 내 집에서 살고 싶

다는 내 소원을 잊지 않았던지 아이들이 다 자라고 집을 떠나자 이제야 혼자만의 방을 갖게 되었다.

  집이란 무엇인가? 한국에 사는 시인 친구가 보내온 시 한 구절이 머리를 떠나지 않는다.

  묻노니
  너는 어느 동네
  몇 평짜리 중생이냐?
  대답하노니
  누추한 몸뚱이 누일
  반 평 땅이면 족하고
  남겠나이다.

  좋은 나이 되기까지 제집 한 간 마련하지 못한 가난한 시인이, 어느 동네 몇 평짜리 아파트에 사는가로 인간을 평가하고 줄 세우는 한국 사회에서 얼마나 고달팠을까 생각하니 가슴 아리다.

  '두껍아 두껍아
  시끄러워 못 살겠다 입 닫아라!'

옆집을 구입한 플리퍼는 그동안 끈질기게 공사를 했다. 두 칸짜리 집은 방 네 칸으로 둔갑했고, 이천이 안 되는 스퀘어피트는 삼천으로 치솟았다.

옆집이 공사를 벌이면, 우리는 하루종일 굴착기 소리와 일꾼들이 틀어놓는 라디오 소리에 시달렸다. 덤프트럭이 몇 달이고 좁은 길을 막았고, 간이 화장실에서는 수시로 오염된 물이 흘러나왔다. 건축자재를 나르는 대형트럭은 우리 집 정원의 관상수들을 부러뜨렸다. 그리고 소음과 먼지까지 모두 우리의 몫이 되었다.

바벨탑을 올리는 건지, 노아의 방주를 만드는 건지는 분간하기 어려웠다.

그러다 집이 완성되면 이웃집 플리퍼는 백만 불을 더 얹어 집을 팔고 사라지고나면, 또 다른 플리퍼가 나타나 그 집을 구입하고 먼저 플리퍼가 고쳐놓은 새집을 또다시 부수고⋯ 기나긴 공사 끝에 방과 화장실은 계속 늘어나고⋯ 플리퍼들이 집을 살 때마다 집의 좌우 사방을 모두 고무줄 늘이듯 무궁무진하게 늘려놓았다. 없던 창문이 별처럼 돋아났고 튼튼한 발코니가 신생아처럼 태어나 매일 우리 집을 기웃거렸다. 어쩌다 그 집을 찾아오는 손님들이 그 발코니에 활짝 핀 꽃처럼 웃으며 촘촘히 앉아있는 날이면 나는 별수 없이 그들에게 내 모습을 정면으로 노출시켜야 하는 황당한 상황과 마주했다. 그러니, 집이 팔리더라도 플리퍼만은 그 집을 사지 않기를 빌고 또 빌었건만….

'두껍아 두껍아
헌 집 줄게 새 집 다오'

집은 여행의 시작이고 종착점이다.

마땅하게 돌아갈 곳이 없는 '디아스포라'의 삶을 살고 있는 만큼 나는 아직 외로운 아이들이 그저 자신들의 추억이 있는 집을 더 오래 드나들도록 내버려 두고 싶다.

'디아스포라'는 돌아갈 곳이 없다는 학술용어라고 한다. 여행이란 돌아옴을 전제로 하지만, 생각해 보면 인간의 삶이야말로 다시는 돌아올 기약이 없는 삶이다. 언제가 될지는 모르지만 이러다 그냥 끝나게 마련인 것이다.

그러니 디아스포라에겐 집이야말로 세상에서 가장 오래 머물 수 있는 편안한 장소이며, 마치 어머니의 품이나 고향 같은 근원적인 의미가 깃든 곳임이 분명하다. 내 생명이 10달이나 살았던 어머니의 자궁 같은, 아늑한 아기 집….

나는 아무리 좁고 허름하고 지저분해 보여도 돌아올 수 있는 정다운 내 집을 사랑한다. 우리 집은 그동안 아이들을 키우는 장소 이외에도 한 가정을 이루던 성스러운 장소였던 것이다. 가족들이 우리 집이라고 부를 수 있는 유일한 보금자리였다. 오직 나와 나의 가족들이 유일한 주인공들이었다.

영어로는 집을 Home과 House로 구분한다. House란 집이란 뜻 외에도 극장, 사무실, 식당 등 물리적 구조물을 갖추고 있을 때 쓰는 단어고, Home은 물리적인 구조물보다는 사람들의 감정적인 요소까지도 포함하는 장소라 한다. 그러니까 집은 그 안에 사는 사람들, 구체적으로는 사람들 사이의 관계에 의해서 비로소 완성되는 장소라는 것이다.

그런데 이제 이웃에서는 눈을 비비고 보아도 더 이상 제대로 된 가정을 찾을 수가 없다. 요즘은 일인가구가 대세인 추세여서 심지어 집이 관이 되는 경우도 보게 되는 실정이라고 했다. 동네에서 혼자 살던 노인이 한동안 보이지 않다가 한참 뒤에 발견되는 사건이 종종 일어난다는 것이다.

이런 현상 역시 '뉴 노마드'라고 보아야 할지 모르겠다.

생각해 보니, 우리 역시 아이가 없었다면 굳이 집을 사지 않았을 게 분명했다. 우리는 아이가 마음 놓고 울 수 있고 마음껏 뛰어놀 수 있는 환경 속에서 키우기 위해 집을 구입했다.

우리는 집이 투자의 대상이라거나 집값이 천정부지로 오르는 세상이 되리라고는 상상도 하지 못했다.

21세기는 대부분의 인류가 정착생활 중이라고 한다. 코로나 펜데믹이란 사상 초유의 사태로 인해 모든 사회의 라이프 트랜드에 변화가 온 것이다. 규모가 큰 집을 여럿이서 구입해서 사는 뉴 노멀 현상도 생기게 되었다고 했다.

아니, 그 이전에 911사태가 왔을 때부터 사람들은 여행을 떠나는 삶이 더 이상 안전한 삶의 방법이 아니란 사실을 깨닫고 정착하는 삶을 선택하기 시작했다는 것이다. 집에서 종일 일하다 보니 더 큰 공간을 필요로 하게 되었다는 설도 있다. 이제는 '뉴 노멀'에 적응해야만 하는 시대가 온 것이다.

"새로운 노마드는 기존의 라이프 스타일과 가치관에 구애되지 않고 자신의 삶을 즐기는 삶이라고 해. 노마드는 원래 유목민들, 즉 정착하지 않고 떠돌아다니는 사람들을 지칭하지."

오지를 다니며 봉사를 하다 돌아온 동네 언니의 말이었다.

"사실, 고대 유목민들은 자신들의 떠돌이 삶 덕분에 세계를 넓게 볼 수 있었던 셈이지. 일찍이 전쟁과 약탈문화를 만들어냈고 한동안 세상을 지배해 왔던 게 사실이니까."

"그래도 이제 세상은 변하고 있어. 현대사회에는 정보기술의 발달로 21세기 신인류가 등장했고 '신노마드족'들은 그야말로 과거의 유목민들처럼 전 세계를 돌아다니며 점차적으로 세상을 지배하게 될 거야!"

나는 놀랐다.

"어떻게 그런 일이 가능하지?"

"그러니까 신노마드족들은 특정 지역이나 국가와 관계없이 세금을 회피하며 절세를 하고 세계를 누비며 돈을 벌고 부를 축적하는 이들이지."

나는 어이가 없었다.

"아니, 그렇게 자신을 위해서만 사는 극도의 에고이스트들이 정말 존재한다고?"

"물론이지. 그러니까 그 들의 활동 범위는 더 넓고 광범위하긴 하지만… 플리핑 역시 그들의 생활방식의 한 갈래인지도 모르지."

"!"

믿을 수 없었지만, 생각해 보니 넓은 세상을 돌아다니며 노마드의 삶을 직접 살고 있는 그 언니의 말은 분명 타당성 있는 말일 터였다. 아니, 그럴 것이다. 왜 아니겠는가? 자신들이 원하는 대로 시간과 장소에 구애를 받지 않으며, 세계 어느 곳이든지 필요하면 자기 집을 소유하고, 맞춤형 거래방식으로 거액의 돈을 집중적으로 투자해 이익을 얻는 신노마드족들. 그들은 자기들만의 네트워크를 형성하고 확대해 이 시대 첨예의 정보를 얻고 이익을 취한다는 것이다. 이들에겐 국경이라는 개념이 없다고 한다. 이익을 위해서라면 무엇이든 가리지 않는 부류이다.

"머지않은 미래엔 아마도 이익을 위해서 신노마드족들이 자신의 정체성조차 버리는 세상이 올 게 분명해."

그 언니가 슬프게 말했다.

'두껍아 두껍아
비싼 집 줄게 더 비싼 집 다오'

옆집으로 새로 이사 온 부부는 화장실과 부엌을 모두 부수고 새로 만들 계획이라고 했다. 수영장을 넣을 거라는 계획도 이야기했다.

나는 머리가 지끈거렸다. 우리는 또 시도 때도 없이 집을 부수는 소리와 윙윙대며 벽을 갈아대는 모터와 일꾼들의 떠드는 소리와 먼지와 페인트와 이상한 화학약품 냄새까지 맡아야 한다.

옆집은 부엌 찬장의 문을 모두 떼어내 집 밖에서 캐비넷 문의 페인트를 벗겨내고 갈아낸 다음 다시 페인트를 하고 있었다. 그런 일은 자기네 부엌에서 하든가, 아니면 새 캐비넷으로 교체해야 마땅하다. 바람이 불 때마다 그 미세먼지들이 모두 우리 집과 창문으로 들어오거나 수영장으로 간다. 무슨 화학약품을 쓰는지 독한 냄새가 진동한다. 너무나 기가 막혔다. 차고 안에서 해야 할 일을 밖으로 가져 나와 온 동네에 미세먼지 세례를 주고 있는 그들은 과연 어떤 정신 상태를 가진 인간들인지 알 수가 없었다.

그들이 공사를 하는 동안 우리가 견뎌야 하는 악몽의 시간에 대해서는 아무도 개의치 않을 것이며 물질적이거나 정신적 보상 역시 있을 리 없다.

우리 옆집은 몇 년 동안 집주인이 바뀐 게 아니라. 플리퍼에서 플리퍼가 바뀐 셈이다. 이 사회는 돈의, 돈을 위한, 돈에 의해 모든 정당성이 성립되는 사회가 된 것이다. 아무리 집은 금전으로 환산할 대상이 아니고, 부동산 투기는 사회적 질병이라고 해도 요즘은 온통 플리퍼들의 세상이다.

오늘날 집은 더 이상 인간을 품어주고 보듬어 주는 그런 정서적 대상이 아니다. 그렇다! 이제 Home은 없다! House만 있을 뿐.

그래도, 난 끝까지 집은 사람을 담는 사랑의 그릇이라고 믿고 싶다, 우리 생명을 잉태하고 길러준 어머니의 자궁처럼 아늑한 그릇이라고… 그래서 나도 모르게 자꾸만 어린 시절 부르던 노래를 흥얼거린다.

'두껍아 두껍아

헌 집 줄게 새 집 다오.'

남자와 여자

 우연히 마켓을 들렀던 여자는 이웃들의 수군거리는 이야기를 듣게 되었다. 하필이면 포플라 길에서 누군가가 죽었다는 것이다. 그 순간 여자는 포플라 길에서 만났던 남자를 떠올렸다.
 '혹시… 건너편 길로 갔다가 사고라도 당한 게 아닐까?'
 여자의 머릿속으로 불길한 생각이 스쳐갔다. 가슴이 철렁 내려앉았다.
 '귀찮았지만 그때 그 남자의 이야기를 더 들어주었어야 했어.'
 여자는 힘없이 마켓을 나왔다.

여자는 남자가 나이가 많은 줄 알았는데 이런 저런 이야기를
나누다 보니 의외에도 자신보다 일곱 살이나 아래였다

   포플라 길 남자는 오전마다 거리를 청소했다. 아무리 기온이 영하로 내려가는 추운 날씨에도 어김없이 밖으로 나와 자신의 집 부근을 정성껏 청소하곤 했다.
  "안녕하세요?"
   언제부턴가 남자는 여자에게 인사를 건네 왔고 그들은 그 후부터 '오늘은 날씨가 춥다.' 거나 혹은 '오늘은 기온이 조금 따뜻해졌다.'는 둥, 짧은 인사를 나누는 사이가 되었다.
   여자는 남자를 볼 때마다 걱정이 앞섰다. 남자의 옷차림은 늘 괴죄죄했고 세탁도 제대로 안한 후줄근한 차림새여서 마음이 쓰였다.
   여자는 늘 남자의 주변을 살폈다. 어쩐 일인지 남자의

아내는 한 번도 모습을 드러내지 않았다. 여자는 왜 남자의 아내가 주변에 나타나지 않는지 알 수가 없었다. 서로 가깝게 왕래를 하는 사이는 아니었지만 그들은 오랫동안 한 동네에서 살아온 이웃이었다.

아직 젊었던 시절 여자는 늘 직장을 다녀야 했다. 이웃들을 신경 쓸 새도 없던 숨가쁜 삶이었다.

사실, 아이들을 돌보며 한 가정을 이끌어가는 일은 결코 만만한 일이 아니다. 직장을 마친 후에도 일은 쉽사리 끝나지 않았다.

아이들을 데려와 간식을 준 후엔 인근의 수영장으로 데려가거나 저녁 식사를 마친 후에도 숙제를 돌보아 주었다. 하루해가 모자랄 지경이었다.

이 동네엔 비교적 한국인들이 많았다. 대부분 젊었던 시절 일찍 미국으로 이주해온 이민자들이었다. 이웃들과 왕래는 없었어도 그녀는 이웃에 대해 어렴풋이 알고 있었다.

이웃들은 같은 마켓에서 장을 보았고, 근교에 있는 백화점에서 옷을 구입했고, 아이들을 같은 학교에 보냈고, 같은 교회 소속이 대부분이어서 서로의 직업이며 아이가 몇이며 어느 집의 부부가 파경을 맞았는지까지도 알고 있었다.

　산책로나 공원이나 동네와 인접해 있는 숲길에서도 마주치거나 산책길에서 이야기를 나누며 더러 친분을 쌓아 온 이도 있었다.

　"안녕하세요? 저… 잠깐만 저 좀 보시지요."

　"!"

　남자가 여자를 불러 세웠다. 내색은 하지 않았지만 여자는 내심 놀라고 있었다.

　"?"

　"저와 잠시 이야기를 좀 나눌 수 없을까요?"

　남자가 어색하게 웃으며 물었다.

　"…"

　"그러니까 말이죠. 오늘은… 제가… 아주머니에게 면담을 좀 신청하자는 겁니다. 그래도… 괜찮겠죠?"

　여자는 차마 남자의 부탁을 단번에 거절할 수는 없었다. 평소에 서로 인사를 건네며 지내긴 했지만 자신과 이야기를 나누자는 그의 제안은 정말 의외였다.

　"아니, 입이 없나?"

　"무슨 여자가 시건방지게…"

남자의 아내는 동네사람들의 비난 대상이 되곤 했는데 그 이유는 그녀가 아무 표정이 없을 뿐만 아니라 늘 입을 꾹 다물고 살기 때문이었다.

　그녀는 정말 이웃을 만나도 인사 한 번을 건네지 않았다. 이웃들은 그런 남자의 아내가 잘난척한다며 못마땅해했다.

　그들 가족과 가깝게 지낸 적은 없었어도 여자는 남자의 아이들이 아직 어렸을 때의 모습이 아직도 눈에 선해왔다. 그의 아들은 그녀의 딸과 한반이었던 적이 있었는데 무뚝뚝한 엄마와는 달리 아주 인사성이 밝은 아이였다.

　여자는 하얗게 서리가 앉은 그의 머리와 눈썹을 바라보았다. 겨울바람이 한 번 더 세차게 그들 주변으로 몰려왔다. 남자가 쓸어 모아놓았던 쓰레기들이 또 다시 여기저기로 흩날렸다. 남자는 개의치 않고 먼저 앙상한 포플라나무 아래로 뚜벅뚜벅 걸어갔다.

　한동안 먼 하늘만 바라보던 남자가 말했다.

　"의사가 말입니다… 글쎄, 제가 치매라는군요."

　여자는 놀랐지만 아무런 내색도 하지 않았다. 남자의 멍한 눈길이 몹시 당황하고 있는 기색이었다. 남자가 깊은 한숨을 내쉬며 여자의 눈길을 피했다. 분위기가 무거

위졌다.

"…"

 여자는 남자가 나이가 많은 줄 알았는데 이런 저런 이야기를 나누다 보니 의외에도 자신보다 일곱 살이나 아래였다.

 '나이도 아직 그리 많지 않은데… 벌써 치매가 왔다니…'
 여자는 말없이 남자를 바라보았다.

 이후에도 남자는 여자가 길을 지날 때마다 간간이 자신에 대한 이야기를 털어놓곤 했다. 그동안 남자가 살아왔던 이야기였다.

 "어제는 제 술 중독 문제 때문에 병원을 가서 상담을 받고 왔답니다. 휴우~"

 "…"

 오늘도 포플라 길을 지나는 여자에게 머뭇거리며 다가온 남자가 자신이 최근 술 중독 문제로 상담을 받으러 다닌다는 사실을 털어놓았다. 여자는 남자의 문제를 어렴풋이 눈치 채고 있었다.

 동네 입구에 자리하고 있는 작은 몰 안에 있는 리커 스토어 부근에서 우연히 그를 본 적이 있었다.

남자는 리커 스토어 문앞에서 머뭇거리며 몇 번인가 흘끗 주위를 둘러본 후에야 재빨리 가게 안으로 숨어들었다. 그것은 분명 절대로 들어가서는 안 되는 금지구역을 통과하는 몸짓이었다.

"아, 원래 잘나가던 의사였던 제가 말입니다. 아들뻘 되는 의사들을 찾아다니며 심리상담이나 받는 처지니… 참! 기막혀서…."

남자는 스스로도 믿을 수 없다는 듯 고개를 내저었다.

"요즘 젊은 의사들 말입니다!"

남자는 말소리를 낮추고는 고개를 휘휘 저으며 털어 놓았다.

"내가 누굽니까? 나도 경험 많은 의삽니다. 제까짓 것들이 뭘 안다고…."

여자는 남자가 울분을 섞어 말할 때마다 난감한 얼굴로 그를 바라보았다.

"한국에서나 미국으로 와서나 열심히 공부를 했고 의사 자격증을 따냈지요. 이제껏 제가 바랐던 걸 당당히 쟁취하면서 살아왔단 말입니다."

남자가 의기양양하게 말했다. 사실 그의 이야기를 몇

번이고 듣다보니 이제는 더 들을 것도 없을 정도였다. 더 들어보았자 평생을 의사로 일해 왔던 삶에 대해 밑도 끝도 없이 이야기를 늘어놓을 것이 빤했다.

여자는 긴 세월동안 남자의 모습이 보이지 않았던 이유를 알게 되었다.

"늘 병원에서 환자를 돌보셨군요! 정말 훌륭하세요!"

여자는 남자의 이야기에 대부분 고개를 끄덕이며 맞장구를 쳐 주었다. 이윽고 남자는 여자에게 자신이 가족들을 위해 늘 열심히 노력했지만 때로는 자신이 사람이 아니라 일하는 기계처럼 느껴졌다고 진심을 털어놓았다.

여자는 사촌언니를 떠올렸다. 사촌언니의 기억은 늘 20대에 머물러 있었다. 사촌언니는 일류대를 다녔고 뛰어난 미모의 소유자였으며 프리미엄이 높은 신부감이었다. 사촌언니의 20대야말로 가장 찬란하게 빛났던 시절이었다.

"그땐 말이다. 내가 길만 지나도 모든 사람들이 나를 바라보았지. 더러 나를 따라오는 남자들도…."

여자는 푹 한숨을 내쉬곤 했다. 도대체 앞으로 언제까지 저 소리를 들어야 할까? 가늠해 보곤 했다. 그렇게 의

기양양했던 사촌언니도 어느 날 정신을 잃고 쓰러져 양로병원에서 일찍 생을 마감했다. 결혼도 한 적 없던 독신이었다.

  사촌언니와 남자는 과거에 매여 있었다. 과거를 놓아주어야 미래가 열린다고 했던가? 그러나 누구나 자신의 과거가 찬란할수록 과거지향형이 되어가는지 모른다.

  나무 잎을 쓸 던 남자가 또 여자를 불러 세웠다.
"저, 할 이야기가 있어요!"
  남자가 빗자루를 들고 여자 앞에 서서 숨 돌릴 새 없이 털어놓았다.
"의사가 말이죠, 아, 글쎄, 제가 알콜성 치매라는 군요!"
"…"
  여자는 미처 할 말을 찾지 못했다. 여자는 왜 남자의 부인이 모습을 전혀 드러내지 않는지 알 수가 없었다. 그의 아내에게 '온전치 않은 남편을 혼자 내버려두지 말라.'고 말해주고 싶었지만 마음뿐이었다.
  사실, 지금 여자의 상황은 최악이었다. 남자의 이야기를 들어줄 상황이 아니었다. 남편이 세상을 떠나 남편에게 지급되었던 정부 지원금이 끊기자 생활이 막막했다.

아이들이 올 때면 함께 쇼핑을 가서 제법 무게가 나가는 쌀이나 잡곡, 과일을 사오곤 했지만 지금은 근교의 마켓에 가서 우유나 계란이나 야채를 직접 사와야만 했다. 여자는 최근, 남자의 이야기를 들어주다가 매번 버스를 놓치고 정류장에서 떨며 버스를 기다리는 날이 잦아졌다. 남자에게 자신의 그런 사정을 이야기해주어야겠다고 마음먹었다.

"우울증이 깊어지다 보니 마시던 술의 양도 늘어갔고 정상적인 의사 생활도 할 수가 없게 되고… 밤새도록 술을 마시다 깨어나 눈을 뜨고 보면 집 안의 물건들이 모두 다 부서져 있더군요."
"!"
"심지어 제가 피를 철철 흘릴 때도 있었답니다. 결국 술, 그 술 때문에 아내도 저에게 두 손을 들어버렸고 다니던 병원에서도 일찍 은퇴를 하게 된 셈이지요."
"…"
여자는 그래도 남자에게 이야기를 해 주어야 할 것 같았다.
"저… 죄송하지만… 말이지요. 이제는 더 이상 선생님

이야기를 들어드릴 수가 없게 되었어요."

"?"

남자가 여자의 말에 놀라 눈을 크게 떴다.

"결국, 오늘도 똑 같은 이야기를 하시지 않았어요?"

"미안하게 됐군요. 그동안 제가 아주머니에게 똑같은 말만 했다니."

"네. 결국은 그래요."

"…"

남자가 또다시 여자의 얼굴만 멍하니 바라보았다.

"저도 사실은 할 말이 아주 많은 사람이에요. 세상에 널려있는 모든 고통이 다 제 고통이라고 해도 과언이 아닐 정도로요. 그 뿐만이 아니라 이 세상 어떤 부조리보다도 더 부조리했던 삶을 살아왔죠. 그런데 말이죠, 아무리 제 주위를 둘러보아도 제 속 깊은 이야기를 털어놓을 만한 곳이 전혀 보이질 않더군요."

"!"

"그때부터 저는 결심을 했답니다. 그 이야기를 다 적어 놓기로 말이죠."

"…"

"그러니 선생님도 이제부터 저에게 하고 싶은 이야기를

하나도 버리지 말고 모두 어딘가에 적어 보세요. 사실, 저는 지금도 계속 저의 이야기를 쓰고 있답니다. 또 마음이 답답해질 때마다 가끔씩 제 이야기를 드려다보곤 하는데 정말이지 많은 위로가 되더군요."

"!"

"놀랍게도 세상 어디에서도 찾을 수 없는 해답을 찾게 될 때도 종종 있고요."

"!"

"가만히 보니 제 글 속엔 많은 인물들이 등장하더군요. 근데 세월이 오래 흐르다 보니 그 등장인물들도 대부분 이승을 떠났고요. 사는 일이야 그때나 지금이나 늘 힘들고 저를 힘들게 했던 이들도 많았지만 그래도 전 그들이 제 곁에 있어주어서 얼마나 행복했던지 몰라요. 제 글을 읽어보면 제 자신에 대해 좀 더 자세히 알 수가 있었죠. 그동안 그 어려운 고비들을 어떻게 지나왔는지… 지나보니 다 기적 같은 일이었어요."

"…"

사실 여자는 힘겹게 세상을 살아왔다. 어느 한 순간도 순탄했던 적은 없었다.

얼핏 보면 그녀의 일기는 자신의 고뇌에 대한 깨알 같

은 보고서였다. 그러나 그 고뇌도 찬찬히 읽다보니 기쁨이었다. 그러기에 자신의 일기를 읽으며 과거를 되짚어볼 때면 마음이 고요해졌고 그녀의 모든 불만들은 더 없이 깊은 감사로 변했다. 비관적이기만 했던 그녀의 삶 속으로 기쁨이 저녁 황혼처럼 깊이 스며들었다.

남자가 불만을 토해낼 때마다 여자는 론도를 떠올렸다. 동일한 주제가 되풀이되는 사이에 다른 가락이 여러 가지로 끼어드는 회선 곡처럼 남자의 이야기는 같은 음절만을 되풀이했다. 여자는 남자의 삶이 좀 더 밝은 음절로 전환되기를 바랐다.

"누가 그러더군요. 사람이 사람을 만나면 역사가 된다고요. 하물며 기록하는 노력이 없이는 그 소중한 역사가 모두 다 소멸되지 않아요."

"!"

여자는 반복되는 남자의 절규가 모두 다 소멸되기 전에 그녀가 아닌 그만의 일기 속에 남김없이 기록되기를 바랐다. 그래서 기록이 남자의 유일한 삶의 증인이 되어줄 뿐만 아니라 진정한 남자의 삶의 일부가 되어 주기를 바랐다.

"오늘부터 저 길 건너편까지 청소를 할 작정입니다."

여자의 말에 반응을 보이지 않던 남자가 갑자기 말했다. 남자의 의기양양한 모습에 여자는 깜짝 놀랐다.

"안돼요! 제발 저 길 건너편으로는 절대로 가시면 안돼요!"

여자가 다급하게 외쳤다.

"이 엄동설한에 저 길 위엔 웬 꽃들이 저렇게 있는 거죠?"

남자가 무심한 얼굴로 길 건너편을 가리켰다.

"그걸 정말 모르신단 말예요?"

"네, 전혀."

남자가 여자를 바라보았다.

"기막혀서… 저 건너편에서 교통사고로 얼마나 많은 이들이 목숨을 잃었는지 아세요? 저 길 위에서 얼마나 많은 사고가 나는지 모르신다고요? 저 많은 꽃들만 봐도 말예요."

"…"

"저 꽃들이 모두 추모하기 위해 사람들이 가져다 놓은 꽃들이라고요."

여자의 말에도 남자는 금시초문이라는 듯 고개를 옆으로 저었다.

"…"

"아무튼, 그러니까 제발 건너편 길로는 절대로 가시면 안돼요."

남자를 말리며 여자는 생각했다. 그의 아내도 이런 말을 해주지 않았을까?

그래도 여자는 마음이 놓이지 않았다. 남자들이란 정말 무심하다. 여자는 어디선가 남자의 아내가 나타나주기만을 기다리며 주위를 둘러보았지만 그의 아내는 늘 그렇듯 그림자도 보이지 않았다.

장을 보기 위해 길을 걷던 여자의 눈길이 남자의 집 주변으로 갔다. 쓰레기통엔 너무하다 할 만큼 많은 물건들이 버려져 있었다. 여자는 알고 있었다. 사람이 죽은 후에 넘쳐나는 건 쓰레기더미뿐이란 사실을. 낡은 물건들이 담긴 종이상자들이 여기저기 놓여있었다.

여자는 자신이 세상을 뜬 후 많은 소지품들이 남지 않도록 소지품들을 정리하곤 했다. 그러나 아이들의 사진과 편지만은 정리되지 않았다. 아무리 양이 많아도 사진과 편지는 그냥 내버려 두기로 했다. 사실, 그녀가 좋아하는 책이나 사진, 편지들은 세월이 지날수록 낡아갔지만 그녀에게는 보물이나 다름없는 물건이었다.

　남자의 집이 있는 포플라 거리는 유난히 깨끗했지만 적막에 싸여있었다. 여자는 사람하나 지나지 않는 거리를 지나며 남자의 모습을 떠올렸다. 문득 남자가 들려주었던 이야기가 생각났다.
　"처음 이사 올 때는 이곳이 아주 깨끗한 동네였는데… 인구가 점점 더 늘어가다 보니 동네가 지저분해지는군요."
　"…"
　"저는 말이죠? 내가 사는 동네가 깨끗해지는 걸 보고 싶었답니다."
　남자를 상담하던 정신과 의사가 남자에게 자신이 가장 하고 싶은 일을 찾아보라고 했을 때 문득 너저분한 동네의 길을 청소하고 싶어졌다고 했다. 여자는 불길한 예감을 떨치려 애쓰며 서둘러 그곳을 지났다.
　어디선가 여자를 부르는 소리가 들려왔다.
　"?!"
　여자는 깜짝 놀랐다. 건너편 길에서 빗자루를 든 남자가 활짝 웃으며 여자에게 손을 흔들었다. 남자는 건재했다. 여자는 그런 남자를 보며 안도했다. 그동안 공연한 걱정을 했던 것이다.

　'세상에! 내가 그렇게도 건너편 길로 가시면 안 된다고 했는데….'

달팽이를 기다리며

달팽이는 오늘도 나타나지 않았다.

"짜식, 어디서 뭐하고 있는 거야! 비도 오락가락하는데."

남씨는 CCTV 화면을 노려보며 투덜거렸다. 달팽이에게 줄 생각으로 컵라면 한 상자도 사놓았는데, 프리웨이 밑 굴다리에 진을 친 노숙자 텐트촌을 살펴봐도 달팽이는 없었다.

"젠장, 이거 뭐야! 고도를 기다리는 것도 아니고."

남씨는 공갈총을 허리춤에 차고 사무실을 나서며 또 투덜거렸다. 요즘 투덜거리는 일이 부쩍 잦아졌다. 달팽이를 만나고부터 그렇게 된 것 같다. 망할 놈의 달팽이!

달팽이가 들것에 실려 구급차로 옮겨지는 모습을
멍하니 바라보는 남씨는 컵라면 상자를 단단히 거머쥐었다

 달팽이를 처음 만난 건 달포 전쯤이었다. 녀석은 흔한 홈리스들과는 어딘가 풍기는 것이 달랐다. 무슨 사연이 있는지 작은 트렁크와 손가방 여러 개를 들고 있는 앳된 모습, 남씨의 아들 나이 정도로 보이는 말끔한 차림새의 젊은이였다. 한국 사람이라는 느낌이 들었지만, 확실하진 않았다. 처음 본 순간 불쑥 달팽이가 떠올랐다. 어딘가 특이한 분위기의 달팽이.

 남씨는 그때 낑낑거리며 홈리스들이 버리고 간 쓰레기를 치우고 있던 중이었다. 홈리스들은 음식물을 남긴 종이 박스와 담요와 심지어 입던 옷과 뭔지 모를 잡동사니 등 엄청난 쓰레기들을 버리고 갔다. 홈리스들이 남겨놓는 쓰레기를 치우고 청소해야하는 일은 큰 골칫거리였다. 그

렇다고 청소회사가 하루 종일 건물의 청소를 해주지 않으니 건물이 더러워질 때마다 청소하는 일은 본의 아닌 그의 몫이 되게 마련이었다. 자기도 모르게 험한 욕이 나오곤 했다.

그때 달팽이가 모습을 드러냈다.

"파킹장은 차가 많이 다녀서 위험하니 들어오면 안 돼요."

남씨의 경고에도 불구하고 녀석은 재빨리 트렁크와 가방을 내려놓고는 쓰레기더미를 버리는 일을 도와주었다.

녀석은 남씨가 건네는 물병만을 받아들 뿐 아무 반응도 보이지 않고 트렁크와 가방을 들고 어디론가 사라져버렸다.

남씨는 내심 그가 고맙고 궁금했다. 그렇게 해맑은 인상의 젊은 청년이 왜? 트렁크와 짐을 내려놓을 곳을 찾지 못한 채 달팽이처럼 거리를 떠돌고 있는지? 남씨는 그를 돕고 싶었다. 어떤 도움이 필요한지 묻고도 싶었다. 하지만, 거리를 떠도는 이들에게 무언가를 묻지 않는 것이 불문율이었고, 홈리스는 자신에 대해 아무 것도 말하고 싶어 하지 않는다고 들어왔던 그는 녀석에게 아무것도 묻지 못하고 보냈던 것이다. 그리고 내내 그 일이 후회스러웠다. 그 이후로 녀석이 나타나기를 기다렸다. 만나면 뭔가 해주리라 마음먹었다.

  남씨는 일상이 절박할 달팽이 현상을 그리며, 시를 좀 잘 쓸 줄 알면 좋을 텐데… 중얼거렸다.

  온 몸이 제 집인 달팽이
  등에 집을 짊어지고 살아간다.
  느릿느릿 행여 낯선 길 잊지 않으려
  풀어 놓은 은빛 실
  햇살에 반짝인다.

  나날이 늘어만 가는
  달팽이 무리들
  갈 곳 잃고

  건물을 천천히 한 바퀴 돌며, 밤새 안녕하셨는지 꼼꼼히 살피는 것이 남씨의 오전 일과다.
  늘 비슷한 풍경이었다. 따가운 여름 햇살이 오전부터 커피집 주변으로 마구 흩어지고, 자카란다 나무에서 화사

한 보랏빛 꽃이 흩날리고 있다. 커피집 야외용 테이블에는 사람들이 각자 다른 방향으로 앉아 커피를 마시고 있다. 무언가 깊은 생각에 잠긴 채 커피를 마시는 이도 있고, 신문을 훑어보는 이도 있고 하염없이 보랏빛 꽃이 흩날리는 자카란다 나무를 바라보는 이도 있다.

  남씨는 문득 인간들이 점점 더 고립되어 가고 있는 듯 쓸쓸한 느낌을 받았다. 사람들이 같은 공간에 있지만, 저마다 자신만의 길을 가고 있는 것이다. 이런 장면을 CCTV 화면으로 보면 한층 더 쓸쓸하고 추워 보인다.

  일층 매점의 여종업원 둘이 종이 커피컵을 상대방에게 내던지며 치열하게 싸우고, 한 남자가 중간에서 말리느라고 떠들썩하다. 그나마 사람 사는 것 같은 풍경이다.

  그러나 이런 광경은 지극히 소소한 일에 불과했다. 빛이 있으면 그림자도 있는 법, 건물 주변에 홈리스가 대자로 누워있는 광경을 보면 그는 잔뜩 긴장했다. 그걸 조용히 쫓아내, 평화로운 일상을 유지하는 것이 그의 일이었다.

  홈리스들은 남씨가 일하는 건물 안으로 빗물처럼 스며들었고, 그는 꼼짝없이 홈리스들과 생쥐와 고양이처럼 쫓고 쫓기는 관계가 돼야했다. 거리에 공중화장실이 없었으니 홈리스들은 건물 안으로 들어와 사람들이 보지 않는 곳에서 실례를 했고, 이따금씩 스프레이 페인트로 건물의 벽 이곳저곳에 낙서를 해댔고, 심지어 건물의 기물들을 부수기도 했으니, 골치가 이만저만 아픈 게 아니었다. 어떻게든 그들을 건물 밖으로 내보내기 위해 머리를 짜내야 했다. 골이 지끈거렸다.

어찌된 일인지 날이 갈수록 홈리스들의 출입이 극성스러워졌다. 진짜 총을 차고 다녀야 하는 거 아닌가 하는 생각이 들 정도로 위험을 느끼는 일도 잦아졌다. 귀신 잡는 대한민국 해병대 출신답게 권총이 그립기도 했다. 하지만 건물주인 친구는 절대 허용하지 않았다. 공연히 총 때문에 골치 아픈 일을 만들 필요는 없다는 생각이 확고했다.

"총? 그건 절대 안 돼! 그렇지 않아도 온 세상이 총 때문에 골치 아픈데… 총으로 흥한 나라 결국 총으로 망하는 법이지!"

그러니 가짜 공갈총을 차고 다닐 수밖에 없는데, 그나마 없는 것보다 한결 든든했다. 갈수록 험악해지는 세상을 생각하면, 자꾸 공갈총으로 손길이 갔다. 성질 같아서는 한방에 깨끗하게 확 쓸어버리고 싶지만, 그럴 수도 없으니 그저 투덜거릴 뿐이다. 에잇, 거지발싸개 같은 놈의 세상!

　특히 프리웨이 밑 굴다리는 무엇보다 그를 열 받게 했다. 굴다리는 남씨에게 해답 없는 재난이었다. 평소 무심코 지났던 터널에 그렇게도 많은 홈리스들이 거주하는지 몰랐다. 그 홈리스들이 터널을 나와 이 건물로 출몰하는 만큼 그는 늘 홈리스에 대한 문제들을 덤으로 감당하게 된 셈이었다. 아무튼 그 굴다리의 진정한 의미를 몰랐던 건 결국 그의 불찰이었다.

　만약, 그 존재에 대해 알고 있었더라면, 소위 그 '있는' 친구의 제안을 단칼에 거절했을 터였다.

　"놀면 뭐하나? 날 좀 도와줘… 응, CCTV로 건물 모니터링하고 관리하는 간단한 일이야."

　뜻하지 않은 사고로 몸을 다치는 바람에 조기은퇴를 한 그에게는 매우 솔깃한 제안이었다. 시간 때우고 용돈 생기고, 꿩 먹고 알 먹고였다. 게다가 '건물관리실장 남 아무개'라는 번듯한 명함까지 박아주었다. 난생 처음 가져보는 금테 두른 명함이었다. 기분이 우쭐했다. 그러나 실제 현실은 결코 달콤하지 않았다. 날이 갈수록 험악해졌다.

　"어이, 이건 얘기가 완전히 다르잖아! 이런 문제투성이 건물을 모니터링만 하면 된다고?"

친구인 건물주에게 항의를 해보았지만 돌아오는 대답은 늘 똑같았다.

"아이구, 나도 골치 아파 죽을 지경이야! 전에는 이렇지 않았는데 최근 점점 더 홈리스들이 늘어만 가는군."

사실, 그의 말대로 처음 일을 부탁했을 때만해도 이토록 심각한 상황은 아니었다. 그의 말대로, 굴다리 저쪽 입구에 있는 교회가 무료급식소를 연 뒤로 노숙자가 급격히 늘어난 건 사실이었다. 교회가 베푸는 긍휼이 이쪽에게는 재앙이 되는 셈이었다.

문득 엉뚱한 생각이 들었다. 말도 안 되는 엉뚱한 상상이지만, 만약에 예수님께서 지금 이 땅에 오신다면 어디로 먼저 가셨을까? 집 없는 노숙자들이 모여서 사는 이런 곳이 아닐까? 영화《벤허》의 한 장면이 떠오른다. 나병환자들이 모여 있는 동굴을 찾은 예수님의 모습.

사실 엘에이에서 벌어지고 있는 홈리스 문제는 최악이었다. 전쟁터도 아닌 인간 세상에 어떻게 이런 일이 벌어지고 있는지 도무지 믿을 수가 없었다. 홈리스가 늘어나면 홈리스 집단 텐트촌이 곳곳에 생겨나고, 결국 범죄와 쓰레기와 마약문제와 환경오염 심지어 화재까지 발생할 수 있기에 홈리스들이 있는 지역의 상점을 찾는 손님들이 위험을 느껴 발길이 뜸해지게 마련이고 건물의 상권에도 차질이 생겨 경제적으로도 손실이 커져만 갔다.

"수 십 억불의 예산도 죽어가는 홈리스를 살리지 못한다니, 도대체 이유가 뭐야?"

"엘에이를 떠난 인구만 70만이라는데… 프리웨이는 어느 시간대에 가봐도 늘 정체될 만큼 복잡하고… 도대체 왜 엘에이는 홈리스들도 이렇게 많이 늘어나고 있는지 알 수가 없군."

"엘에이는 기후가 좋으니 미 전국의 홈리스들이 모두 모여들고 있다는 루머가 사실인지도 모르지. 아참, 이 캘리포니아가 호구인지 얼마 전엔 텍사스 국경에서도 밀입국자들을 버스로 실어왔다더군."

성질 같아서는 당장 때려치우고 싶었지만, 그러질 못했다. 집 없는 민달팽이들을 볼 때마다 자신의 어린 시절이 떠오르면서 자꾸 묘한 연민의 정이 생기는 것이었다. 저들을 골칫거리로 취급하고 매몰차게 쫓아내는 것이 맡은 일인데, 그렇게 모질고 독하게 대하질 못했다. 마음을 독하게 먹어도, 정작 행동은 그러지 못했고, 보고도 못 본

척 눈을 감는 일이 잦아졌다.
 "에이, 까짓 거 이번 한번만 봐주자! 하지만 다음엔 꼭 쫓아내고 말거야!"
 남씨는 알고 있었다. 달팽이 역시 다른 홈리스들처럼 건물 안으로 들어와서는 어느 모퉁이에서인가 자리를 잡고 잠시 눈을 붙이거나 혹은 담배나 마리화나를 몰래 피우곤 한다는 사실을. 남씨는 그런 그를 밖으로 몰아내지 않고 '이번만이야!'라며 눈감아 주었다.
 달팽이 역시 전처럼 불안하게 남씨의 눈치를 살피지는 않게 되었다.

 남씨는 긴 한숨을 푹 내쉬었다. 그 역시 어린 시절, 다리 밑에서 추운 겨울을 지새웠던 노숙자였다. 집 없이 길거리를 떠도는 서러움을 누구보다도 잘 알고 있었다.
 전쟁으로 부모를 한꺼번에 잃었던 것이다. 가난과 배고픔에 더해 어딜 가나 배우지 못했다며 오랫동안 차별을 당하는 설움을 겪었다. 하지만, 그에겐 꿈이 있었고, 그 꿈을 위해 힘들고 벅찼던 시간을 버텨내야만 했다. 그리고 자신의 아이들에게만은 그런 가난과 차별을 당하는 시련의 쓴 맛을 맛보게 하고 싶지 않았기에 그는 누구보다 열심히 살았다.

　전쟁으로 폐허가 된 월남, 사우디 뜨거운 사막, 보르네오 밀림, 원양어선 등 남들이 하기 싫어하는 나라 밖 험한 곳을 떠돌며 악착같이 돈을 벌어 식구들을 챙겼다. 그리고 마지막 정착한 곳이 미국이었다. 멋지게 표현하자면, 일찍부터 세계인(世界人)으로 떠돌아온 셈이다.

　그런 그의 눈에는 맥없이 주저앉아버린 홈리스들이 안쓰럽고 화도 났다. 야, 이놈들아, 그렇게 퍼질러 앉아 뭉개지 말고 일어나라, 일어나!

　지독한 가난이 꼭 나쁘기만 한 것은 아닌 것 같다. 어린 시절 작은 몸 하나 뉘일 곳 없어서 길거리를 헤매던 그는 아주 작고 초라한 소극장에 스며든 적이 있었다. 거기서 가난한 극단의 온갖 허드렛일을 도맡아 하면서 먹고 잘 수 있었다. 여전히 가난하고 배고팠지만 잠시나마 행복했다. 연극연습 구경은 특히 재미있었다. 같은 장면을 될 때까지 몇 번이고 되풀이했다. 그리고 마음에 드는 것만 보여준다. 어린 마음에도 우리 인생도 그렇게 미리 연습해서 좋은 부분만 택할 수 있다면 얼마나 좋을까 하는 생각을 했다.

　팔자에 없는 배우 노릇도 아주 잠깐 했다. 연극《고도를 기다리며》에 잠시 나오는 소년 역할이었다.

"선생님께서는 오늘도 못 오신답니다."

그 짧은 대사 한 마디가 평생 기억에 생생하게 남아있다. 극단이 얼마 못 가고 망했으니 망정이지, 자칫하면 연극배우에 미련을 가질 뻔했다.

"선생님께서는 오늘도 못 오신답니다."

남씨가 점점 더 홈리스와의 싸움에서 지쳐가는 결정적 이유가 있었다. 거리를 배회하던 홈리스들이 결국 그 열악한 삶을 견디지 못하고 얼마 안 가 죽음을 맞는 현장을 목격해야 할 때였다. 제일 참기 힘든 건 침침한 건물 구석의 차가운 벽에 등을 대고 앉은 채 죽어가는 홈리스를 바라보는 일이었다. 그가 할 수 있는 일이라곤 경찰을 부르는 것이었다.

"이게 도대체 무슨 일인가? 내가 정말 이러다 내 명대로 못 살지."

남씨는 죽어가는 홈리스를 볼 때마다 지구의 벼랑 끝에 서 있는 기분이었고 지옥도를 보는 것처럼 심장이 터질 것만 같았다.

"내가 너무 세상을 오래 살고 있는 거지!"

남씨는 생각했다. 애초에 인간들의 자신밖에 모르는 이기주의와 나르시시즘이 경쟁심을 부추겨 이 세상의 모든 불균형을 가져왔다고. 늘어가는 홈리스 역시 따지고 보면 그 치열한 경쟁에서 도태된 집단일 터였다. 쉽게 말해 경쟁사회의 피해자였다.

달팽이는 그 뒤로 여러 차례 나타났다. 잊을 만하면 모습을 드러내는 식이었다.

어떤 때는 CCTV 화면에서 발견하고 바로 뛰어나갔지만 이미 어디론가 사라진 뒤였다. 운 좋게 직접 마주쳐도 달팽이는 아무 말도 하지 않았다. 벙어리처럼 단 한마디도 하지 않고, 그저 남씨가 건네는 먹을 것 봉지를 받을 뿐이었다. 표정도 웃는 건지 우는 건지 읽기 어려웠다. 단지, 눈빛만은 아주 희미하게 고맙다고 말하는 것 같았다. 그렇게라도 아직 살아있는 걸 보는 것만으로도 반가웠다. 다음번엔 뭔가 말을 건네 오겠지.

아무튼 달팽이 덕분에 CCTV를 긴장감을 가지고 보게 되었다. 볼 때마다 녀석의 가방 수가 줄어들었다. 화면을 되감아가며 자세히 보니 분명히 그랬다. 차림새도 조금씩 지저분하게 허물어져가는 것으로 보였다. 괜스레 마음이 싸했다.

녀석은 어떤 때는 나타났다가 금방 바람처럼 사라지기도 했고, 어떤 때는 굴다리 밑 텐트촌을 오가며 뭔가를 나눠주기도 하고, 노숙자들과 대화를 나누기도 했다. 밝게 웃기도 했고, 아주 가끔은 노래를 부르기도 했다. 도무지 뭐하는 놈인지 정체를 짐작할 수 없었다.
　춤추듯 휘적휘적 걸어가는 녀석은 긴 머리칼과 흰 옷자락을 펄럭이며 묘한 분위기를 자아내기도 했다. 다음번엔 꼭 붙잡고 얘기를 나눠봐야겠다고 마음먹지만, 번번이 뜻을 이루지 못했다.
　"에이, 또 놓치고 말았어! 내 참!"

　이봐, 젊은이
　젊은이 이름이 뭐지?
　몇 살이지?
　어디에서 왔나? 집이 어디야?
　부모님은? 형제나 자매는?

　이승을 떠나기엔 아직 한참 어린
　지금쯤 누군가가 애타게 찾고 있을
　그 누군가의 둘도 없이

달팽이를 기다리며

귀하고 소중한 생명인
젊은이

앗, 달팽이다!

거리에서 건물로 직진하는 달팽이의 모습이 카메라에 잡혔다. 헌데, 뭔가 이상했다. 층계를 내려오는 그는 오늘따라 허수아비처럼 힘없이 흐느적거렸고 행동이 몹시 느렸다. 층계를 내려오던 달팽이가 갑자기 건물 층계에 펄썩 주저앉았다. 그리고는 아무 움직임도 없었다.

남씨는 모니터실의 문을 박차고 밖으로 달려 나왔다. 달려가다 되돌아가, 달팽이에게 주려고 사놓은 컵라면 박스를 찾아들고 달렸다.

층계를 막으며 앉아있는 달팽이에게 다가갔다. 이상했다. 미동도 없었다.

"이봐! 여기에 이러고 있으면 안 돼! 일어나!"

남씨가 외치며 어깨에 손을 얹으려는 순간 그가 맥없이 옆으로 쓰러졌다. 서늘한 느낌이 남씨의 등줄기를 타고 내려갔다.

"역시, 드럭 문제로군요."

무언가를 기록하던 푸른 눈의 폴리스가 주인 잃은 트렁크와 가방을 망연히 내려다보며 사무적이고 건조한 음성으로 말했다. 구급대원들도 별 일 아니라는 듯 고개를 끄덕였다.

달팽이가 들것에 실려 구급차로 옮겨지는 모습을 멍하니 바라보는 남씨는 컵라면 상자를 단단히 거머쥐었다. 누구에게도 빼앗기면 안 된다는 듯… 쓸쓸한 죽음과 컵라면 한 상자. 그는 먼 하늘을 올려다보았다.

말끔한 차림새로 거리를 떠돌던 젊고 앳된 한국인 행려사망자가 이 건물 층계에서 생을 마쳤다는 사실 외에 세상에 달라진 건 아무 것도 없었다. 아무 것도.

남씨는 중얼거렸다. 울음 섞인 목소리였다.

"선생님께서는 결국 오시지 않았습니다."

무대가 서서히 어두워지고 막이 내리고 연극이 끝난다. ✈

나는, 당신은 존재하는가

 나는 지금 우주선을 멀리 벗어나 제로존을 떠돌고 있다. 우주선을 벗어났다는 건 말 그대로 무중력 상태로 허공에 떠 있다는 뜻이다. 어디로 흘러갈지, 어떻게 될지 알 수 없다는 뜻이기도 하다.
 조금 전까지는 모든 것이 완벽하게 아름답고 행복했었다. 우주선에서 내다본 우주는 꿈결처럼 아름다웠고, 달콤한 노랫소리가 우주선 안을 행복하게 채우며 출렁이고 있었다.

 나를 달까지 날려 보내주세요
 저 별들 사이를 여행하게 해 주세요
 목성과 화성의 봄을 내게 보여주세요

> 알고 보면 아주 쉬운 명제일수록 이렇다 할
> 해답이 없는 법이다 우리의 존재도 그렇다

다시 말해, 내 손을 잡아주세요
그러니까, 내게 키스해 주세요
내 마음을 노래로 채워줘요
영원히 노래할 수 있게 해 주세요

  한순간에 모든 것이 무너지고, 달라졌다. 달콤한 노랫소리도 어디론가 사라져버렸다. 달라지는 건 단 한순간이다.
  "앗! 뭔가 이상해!"
  누군가가 날카롭게 외치는 소리가 불길하게 들려왔을 때부터 나는 무언가가 잘못되었다는 사실을 바로 알아챘다. 한순간에 모든 것이 달라진 것이다.

"이런! 우주선이 우리 목적지를 멀리 벗어나버렸군!"

"뭐야! 궤도를 멀리 벗어났다면, 그럼 우리가 우주미아가 되었단 말인가?"

"어머나! 세상에!"

"아, 그럼 우린 이제 어쩌지요?"

누군가의 비명소리도 들려왔다.

순간, 나는 우리 우주선의 선장인 닥터 린의 깊은 신음소리를 들었다. 늘 밝고 긍정적인 자신감 넘치던 그였기에 나의 불안감은 점점 더 커졌다.

"어쩌지요? 아무래도 멈춰버린 우리의 우주선을 더 이상 작동시킬 수가 없네요! 아주 죽어버렸어요."

누군가 다급하게 외치는 소리에 이어 비명소리가 들렸고, 우리가 타고 있는 우주선이 걷잡을 수 없이 출렁거리며, 엄청난 충격이 성난 파도처럼 밀려왔다.

아프가니스탄 국토가 폭우로 침수 되었을 때도, 남태평양 연안의 국가들이 바다의 높아진 수위로 물에 잠겼다는 뉴스를 보았을 때도 가슴이 서늘해졌지만 이토록 걷잡을 수 없이 떨리지는 않았다. 아무런 죄도 없는 아이들이 속절없이 바다에 수장되어 별이 되고, 도시 한복판 골목길에서 젊은이들이 느닷없이 깔려 죽어 꽃이 되었을 때도,

거리에서 늘어가던 홈리스들이 대책 없이 죽어갈 때도 슬픔과 위기의식을 느꼈지만 이토록 큰 충격은 아니었다.

지금 우리는 이미 지구의 대기권을 멀리 벗어나 있다. 이곳은 스페이스 제로다.

우리가 타고 있었던 우주선은 태양광이 일으킨 우주폭풍에 휘말리게 되었고, 사방에서 떨어지는 낙석의 공격까지 받게 되자 계기의 오작동을 일으키고 만 것이다. 그리고 원래 예정되었던 우리의 궤도 K-12를 멀리 벗어나버리고 만 것이다.

우리의 여정에 어려움이 있으리라는 사실을 전혀 예상하지 못했던 건 아니었지만, 우리가 기대했던 건 이런 절망적인 상황이 아니었다. 우리가 탑승한 우주선은 처음부터 완벽하게 제작되었다고 평판이 자자했던 만큼 제로존(zero zone)에서 일으킨 오작동은 정말 믿기 힘든 충격적인 사건이었다.

그때부터 우리 일행은 모두 우리의 우주선이 진입한 우주의 존에만 머물러 있어야 하는 운명이 되고 만 것이다.

정신을 차리고 보니, 예상했던 대로 우주선은 이미 죽어서 해체되어 있었다. 모든 통신이 끊겨버렸고 함께 타고 온 일행의 소식조차 알 수 없었다. 일행들은 나의 시야에서 멀리 사라지고, 내 주변에는 아무도 남아있지 않았다. 그 아무도….

그나마 다행인 것은 우리가 입고 있는 우주복이 또 하나의 작은 우주선의 역할을 하고 있는 사실이었다. 그래서 우리는 우주선 없이도 한동안은 우주의 궤도에 머물러 있을 수 있었다. 단, 우리의 작은 우주선이 외부의 자극을 받지 않는다는 전제 하에서 잠시 동안….

그래도 나는 어쩌면 이 우주에서 아주 해체되기 전에 이 우주의 어딘가에 떠 있을 우주정거장을 만나게 될지도 모른다고. 믿기로 했다. 그리고 나름 살 길을 찾아보기로 했다. 물론, 그런 가능성이란 아주 희박했지만… 희망을 버릴 수는 없었다.

우주선이 오작동을 일으켰던 순간 탑승했던 이들은 모두 극심한 충격으로 몸부림치거나 발작을 일으키다 온몸이 축 늘어진 상태였다.

물론 이해할 수 있었다. 그만큼 죽음의 순간이 성큼, 모두의 앞으로 다가온 것이다. 심지어, 그 위급한 상황에서 우리들을 안심시켜 주어야 할 유일한, 그래서 늘 '현자'란 닉네임으로 불렸던 우리의 우주선의 선장 닥터 린까지도 말이다.

　언젠가 난 닥터 린과 존재에 대한 이야기를 나눈 적이 있었다.

　"닥터 린, 당신은 존재를 증명하는 일이 난제라고 하신 적이 있었지요?"

　"물론 아직은 그렇게 이야기할 수밖에 없다는 뜻이었지요."

　"…"

　잠시 침묵을 지키던 닥터 린이 문득 나에게 되물어왔다.

　"그럼, 당신은 지금… 당신 자신이 존재한다고 생각합니까?"

　"물론이지요. 나는 지금 분명히 존재하고 있지요! 철학자 데카르트는 '나는 생각한다. 고로 존재한다.'라고 했다지요? 나도 생각을 하는 존재가 분명하다고 믿습니다."

　"근데 그걸 그렇게 자신 있게 말할 수 있나요? '생각'만으로 스스로가 증명될 수 있다고요?"

　"그래요! 더 말할 것 없이 난 지금 당신 앞에 이렇게 버젓이 존재하고 있지 않나요?"

　"그럼, 당신 주변에 아무도 없다고 해도, 당신의 존재가 증명될 수 있을까요? 이 우주에 당신만이 홀로 남겨져 있다면 그 '자신의 존재'를 증명해 보일 방법이 없지 않나요?"

나는 대답할 말을 잃고 말았다. 알고 보면 아주 쉬운 명제일수록 이렇다 할 해답이 없는 법이다. 우리의 존재도 그렇다.

나는 과연 누구인가?

주변에 아무 인물도 없이 홀로 우주에 떠 있는 내 자신의 존재는 과연 어떻게 증명될 수 있을까? 내 존재란 없는 걸까?

지금까지 세상살이에서 내가 존재한다는 사실을 스스로 증명하는 방법은 그저 나의 이름이 적힌 신분증을 제시하는 일이었다. 여권 없이는 비행기를 타고, 여행을 하는 일이 불가능했다. 그러니까 서류 없이는 아무도 나를 나라고 믿어주지 않았다. 관공서에서도, 심지어 직장을 얻기 위해 인터뷰를 할 때조차도 말이다. 그렇다면, 나의 존재는 신분증이고 서류란 말인가?

나를 나라고 확실하게 증명할 수 있는 다른 더 쉬운 방법을 나는 아직 찾지 못했다.

내가 존재한다는 건 아직 내가 숨을 쉬고 있다는 뜻일까? 그러나 그보다도 먼저 밝혀야 할 것은 과연 나는 누구인가? 라는 사실일 것이다. 그런데… 세상에 누가 자신을 온전히 증명해 보인 사람이 있었는가?
사람들은 자신이 누군지나 알고 있을까?
존재란 무엇인가?
사랑인가?
노래인가?
어디선가 사랑 노래가 들려오는 것 같다.

내 마음을 노래로 채워줘요
영원히 노래할 수 있게 해줘요
내가 그리워하고 사랑하고 찬미하는 건
오직 그대뿐이에요
그러니까, 언제나 진실해줘요
다시 말해, 그대를 사랑해요

우주공간에서 한번 움직이기 시작한 우주인은 멈출 수 없다.
어디선가 평온했던 닥터 린의 음성이 들려오는 것 같았

다. 언젠가 우리는 이런 이야기를 나눈 적이 있었다.

"갈릴레오는 등속(等速)운동이 자연스럽다고 했다죠?"

"그래요. 등속운동의 움직임에는 원인이 없다고도 했지요. 사실, 등속운동은 그 자체로 자연스런 현상이니까요."

우주공간에서 한번 움직이기 시작한 우주인은 다시는 멈출 수 없다는 닥터 린의 말처럼 우주공간에 진입한 나야말로 스스로는 다시 멈출 수 없는 운명에 놓여있었다.

"인간은 결국 존재의 시작부터 멈출 수 없는 운명을 타고난 거죠. 그렇지 않나요? 우리 인간은 끊임없이 나이를 먹고, 스스로의 의지와는 상관없이 성장해서 어른이 될 수밖에 없는 운명을 타고났지요."

"그러고 보면 우린 결국 자의로는 아무것도 할 수 없는 무기력한 존재로군요? 사실 끊임없이 성장하며 생로병사에 지배를 당하는 게 인간의 운명이니까요. 죽음에 이르는 순간까지 말입니다."

사실 난 세상에 태어난 이후 한 번도 한 순간도 멈춘 적이 없었는지도 모른다. 자의건 타의건 살아왔고 나이를 먹어온 그런 일종의 등속운동은 내가 죽을 때까지도 계속될 터였다. 생각해보면 절대적이고도 모순 많은 운명일 수도 있다.

"아! 아니야! 지금은!"

그럼에도 불구하고 정작 위기의 순간이 오자 닥터 린 역시 울부짖었다. 그리고, 그토록 원했던 유일한 꿈이었던 우주여행을 떠나기 위해 조기 은퇴했다는 닥터 린조차 우주선이 오작동을 일으키자, 그 충격을 이기지 못하고 심장마비를 일으켜 목숨을 잃은 첫 번째 희생자가 되었다.

과연 닥터 린은 이제부터 자신의 모순 많은 운명을 벗어나게 된 걸까?

닥터 린은 '우주선은 항상 무언가 잘못될 수 있고 그에 대비해야 한다.'며 모두를 위해 세심한 사항까지 준비해 주었었다. 하지만 우리는 우주선의 무언가가 어긋났을 때 신속히 대비할 수 없었고, 두 번째의 불찰은 우리가 우리 우주선의 리더였고 천재물리학자였던 닥터 린에게 너무 의지해왔던 점이었다. 그래서 우리는 갑작스런 닥터 린의 죽음 앞에서 더 큰 혼란에 빠질 수밖에 없었던 것이다.

우리는 지금 어디로 가고 있나?

내가 우주로 가기로 결심했던 이유는 더 이상 지구에서의 삶이 의미를 잃었기 때문이고 그 삶에서 빠져나오기 위한 선택이었다.

"우주로 떠나다니… 당신은 왜 이 무모한 출항을 결정했던 거죠?"

닥터 린은 나에게 질문했고, 나는 솔직한 내 심정을 이야기했었다.

"결국 지구에서의 삶이란 게… '가장 사랑했던 이로부터 버림을 받았다.'는 느낌이 들었던 거죠."

"당신 역시 다른 이들처럼 배신을 당한 건가요? 하하하!"

"물론, 배신당한 건 맞지만…."

"!?"

"난 정말 나의 믿음을 배신당한 기분이었어요. 그러니까 난 모든 인류의 진정한 염원은 자유와 평화라고 굳게 믿고 있었지요. 그런데 지구에선 전쟁이 끝날 기미를 보이지 않았고, 모든 국가들이 평화를 위해서며 마지막 순간까지 선택했던 건 고작 핵과 같은 고성능의 살상무기였지요. 말하자면 어리석은 전쟁을 계속 벌이는 일이었다고요."

"화합하지 못하고 멸망해 가는 인간, 아니, 지구인에게 실망했다!?"

"아주 진저리가 나버렸지요. 게다가 지구의 안위는 뒤로한 채 위정자들은 우주군(軍)마저 창설하더군요. 결국 우주에서도 전쟁을 불사하겠다는 의도가 분명했으니까요."

"하하하! 나 역시 궁극적으론 그 우주군에 속해 있는 셈이지만… 그러나 그것은 우주에서 전쟁을 벌이기 위해서, 라기보다는 미래의 우주에서 살아가게 될 존재의 입지와 영역을 넓혀가기 위한 목적으로 창설되었다고 보는 게 더 옳지요. 아! 그래서 우주행을 선택한 거로군요."

"끝날 줄 모르는 잦은 전쟁과 인간들의 만행으로 인해 '내 모든 삶은' 진정한 의미를 잃었으니까요. 결국, 저도 그들과 같은 인간이란 사실을 더 이상 견뎌낼 수 없었던 거죠. 그런데… 미래를 살아가게 될 존재란 인간을 지칭하는 게 아닌가요?"

사실, 우주군(space force)이 창설된 이후 어느 시점인가부터 사람들은 서서히 우주로 이주하기 시작했다. 미지의 우주를 향한 또 한 번의 디아스포라의 움직임이 시작된 셈이었다. 일반인들은 우주에 닿은 후 삶을 이어가기 위해 제일 먼저 우주 이곳저곳에 마련된 대형 우주선이나 우주정거장으로 이주하고 있었지만, 우리의 여정은 그것과는 조금 달랐다. 지구의 대부분이 물속으로 잠기자, 우리는 또 다른 미지의 우주를 개척해야 하는 임무를 가진 팀이어서 미지의 행성들을 찾아 다녀야만 했다. 우리의 임무를 위해 아무런 보호 장치나 그야말로 일말의 선택의 여지도 없이 말이다.

우리는 우주의 여행을 위해 장시간 우주 적응을 위한 훈련에 들어갔다. 그리고 우리가 훈련 중이던 우주선은 무슨 일인지 상부의 지시를 받았고 갑자기 지구를 떠나야 했던 긴박한 정황이었다.

인간들은 더 없이 적대적이고 파괴적인 피조물의 성향을 생생하게 드러냈고, 그 결과 지구는 모두 물속으로 잠기고, 많은 이들이 목숨을 잃거나 갈 곳을 잃었고, 지구의 앞날은 미지수가 되고 말았다.

"그럼… 이젠 모두 다시 돌아갈 곳을 잃은 셈이군요."

"꼭 그런 건 아니지요. 아직은 물 위에 떠있는 지구의 대형 선박에서 머무를 수도 있는데요."

"지구에 남아있었다면 지금쯤 노아의 방주처럼 물 위에 둥둥 뜬 채 지구 위를 떠돌아다니고 있었겠지요."

모두들 신음처럼 한마디씩 쏟아냈다.

내가 닥터 린에게 우리의 행선지에 대해 물었을 때 닥터 린은 우리의 행로가 이제부터 결정될 문제라고만 했다.

"불행히도 우리에게는 선택권이 없어요."

"그건 왜지요?"

"원래 위급한 상황인 만큼 경황없이 지구를 떠났기 때문이지요."

"아무튼 우리는 일단 우주정거장에 닿기로 했습니다."

나는 우리가 갈 수 있는 목적지는 무인 우주정거장이라는 사실만 알고 있었고, 우주선은 우주에 떠 있는 한 대형 우주정거장에 닿을 수 있도록 준비를 마친 상황이라고 알고 있었다. 하지만… 내 앞의 현실이 가상공간처럼 비현실적으로 느껴졌다. 그러나 지금 공중을 둥둥 떠다니고 있는 이 비현실적인 현실은 바로 내가 직면하고 있는 현실임이 분명했다. 머릿속이 혼란해졌다.

불현 듯 닥터 린이 내 앞에 서 있었다. 생시에서처럼 우주복을 입고 점점 더 내 앞으로 가까이 다가왔다. 나는 반가움으로 어쩔 줄 몰라 외쳤다.

"닥터 린! 이런 상황에… 어떻게 내 앞에 나타나신 거죠? 세상에! 난, 난 당신이 이미 이 세상 사람이 아닌 줄 알았단 말이에요!"

그러나 닥터 린은 그저 웃고 있었다. 이 기막힌 현실 속에서도 그의 웃는 얼굴을 보며 나는 조금씩 마음의 안정을 되찾을 수 있었다.

"하하하! 아직도 당신은 그 끈질긴 고정관념을 버리지 못했군. 내가 그러지 않았던가요? 시간은 흐르지 않는다고. 제발 이제껏 생각했던 사고방식에서 벗어나도록 해 보세요!"

닥터 린은 미소를 지었다. 그와 동시에 그는 내 시야에서 사라졌다.

'시간이 흐르지 않는다니… 그렇다면? 나는 어디로도 가고 있지 않다는 말인가?'

나는 어리둥절했다. 우리가 처한 공간이 즉 우주가 굴절되어 있는 만큼 이제 시간이 모두 평평해진 것이라면, 언젠가 그가 주장했던 대로 이제 과거도 현재도 미래도 아니, 죽음까지도 모두 사라진 걸까?

나는 우주에서조차도 고정관념을 버리지 못하고 있는 내 스스로에게 소스라치게 놀랐다. 나는 왜 신도 아닌 인간들을 그토록 절대적으로 믿어왔던지, 왜 그저 평범한 인간들을 완벽하다고 생각해 왔던지에 대해 알 수 없었다. 내 자신이 잘 이해가 되지 않았다. 그리고 아직까지의 그런 나의 모순된 사고방식이 오히려 타인의 숨통을 막아 온 게 아니었을까? 라는 결론에 이르게 되었다.

이런 생각이 들기도 했다. 이 삶 속에서 아무도 아무를 괴롭히지 않아야 한다는 것이 나의 철두철미한 철학이었지만 그 역시 모순이라는 사실을….

닥터 린의 말대로 시간이 그 흐름을 멈추었다면, 아니 시간이란 원래 흐르지 않는다면, 그래서 지금, 달라진 것이 무엇이란 말인가? 나는 닥터 린이 잠시 머물렀었던 침침한 빈 공간을 하염없이 응시했다. 지금 이 순간 어떤 기적이라도 나에게 찾아오기를 기다렸다. 내 몸은 끊임없이 어디론가 흘러가고 있었다. 그러나 이 흐름은 시간을 배제한 흐름인 것이다. 극심한 고독과 고통이 나를 엄습했다.

아! 이것이 모든 인간의 운명이란 말인가!

지금 나는 내 자신의 숙명과 나의 인간적인 한계를 한탄하며 우주 위에 떠 있다. 아, 나 역시 불멸의 영생보다는 이 세상에서의 즐거움을 찾으면서 평생을 보냈어야 마땅했던 걸까? 나는 스스로의 몸을 통제할 수 없는 움직임에 맡겨둔 채 끝없는 회한에 잠겨 들었다.

  나는 지금 이 막막한 우주공간에서 어디로 흘러가고 있는 걸까? 어디로 가면 나의 존재를 찾아, 확인할 수 있는 걸까? 내가 존재하기는 하는 걸까?

  저 멀리서 아련하게 노래가 들려온다. 어린 시절에 부르던 노래와 달콤한 사랑노래가 마구 뒤섞여 있다.

  푸른 하늘 은하수 하얀 쪽배엔
  계수나무 한 그루 토끼 한 마리

  나는 사랑노래의 가사를 내 멋대로 바꿔서 불러댔다. 마치 내 존재를 찾아 우주로 와서 정처 없는 미아가 된 철학자처럼… 마치 존재를 증명할 길 없는 허깨비처럼….

  나를 달까지 날려 보내주세요
  저 별들 사이를 헤매게 해 주세요
  목성과 화성에서 내 존재를 찾게 해 주세요
  부탁이에요, 내 존재를 찾아주세요
  그러니까, 제발 나를 만나게 해 주세요

내 마음을 내 존재로 채워줘요
영원히 노래할 수 있게 해 주세요. ✨

빨간 거품

남자가 죽었다.
아니다, 그저 잠시 사라졌을 뿐이다. 아니다, 아무것도 분명하지 않다. 세상에 분명한 건 없다.

모르겠어. 난…
햇살에 잔뜩 눈살 찌푸린 채 중얼거려도…
모르겠어. 아직도 수수께끼를 잔뜩 몰고
구름이 몰려와 햇살이 구름 안에 가친 채
소리치고 있어. 오, 예에!
쿵 딱 쿵 딱

사방에서 말들이 몰려와

이제 그만 살고 싶다는 생각이 빨간 거품처럼 짙어질 때,
어디선가 소리가 들려왔다 아득히 먼 곳으로부터 점점 가까워지는 소리

모르겠어. 아직도… 이건 꿈이야
VR, AR, 아님, 홀로그램이야
현실이 이토록 비극일 리가 없어

기나긴 꿈에서 아직 깨어나지 못한 채
갇혀있어. 무지한 사람들…
속이 텅텅 빈 이들이 몰려와
이유도 모르며 숨을 쉬고
출처를 알 수 없는 이론들이…

근거 없는 날조된 소문을 믿으며
뿌리없이 흘러가는 현대의 유랑민들…

지금도 헤매고 있어. 오, 예!
고향은 없어 이 우주 어디에도
하루도 마음 편한 삶이 아니었어
환경이야 늘 나빴지
큰 그림을 비켜가는 오류의 연속
소심증에다 구석구석 미친 인간들

수조 속에서 피 흘리는 생선이 보여
날카로운 가시를 드러낸 채…
물 위로 빨간 거품이 뱅글뱅글 맴돌다
빨간 거품의 거품의 거품이 치솟아
꿈이었어? 아니야, 아니야
내 삶은 분노였어. 아니 삶이란
분노가 들끓는 현장이었어. 꿈이라고?
쿵 딱

  남자가 의자에 앉아있다. 남자는 로댕의 조각 '생각하는 사람'처럼 몸을 구부린 채 골똘히 스마트 폰을 들여다보고 있다. 남자의 부동자세는 더 오래 지속될 것이다. 남자는 겉으로 보기에는 정상으로 보였다. 그러나 그는 분명 정상이 아니었다. 꼭 짚어 말할 수는 없지만 세상엔 그렇게 저절로 알 수 있는 것들이 있는 법이다.

스마트 폰에서는 무연하게 랩이 흘러나오지만 아무도 진지하게 듣는 이는 없다.

내 삶은 온통 분노로 가득했어
아니 삶이란 분노가 들끓는 현장이야
꿈이라고? 아니야, 아니야
분노는 나의 힘! 쿵 딱, 오 예!

남자가 갑자기 벌떡 일어나며 외쳤다. 노리던 먹잇감을 놓친 맹수가 울부짖는 분노의 목소리였다.

"일라이! 일라이! 일라이! 아, 젠장! 또 놓치고 말았네!"

1

남자의 엄마는 언제나 자신만만했다.

하느님?

물론 믿지요. 암, 주일마다 꼬박꼬박 교회도 다니는 걸요.

경제적 능력은?

아주 최고죠. 탄탄하다고요. 아들이 무슨 게임을 개발했는데, 로열티만 백만 불이 넘는대요.

학벌은?

아, 그거야 뭐, 아이비리그 명문대학에, 대학원까지 모두 다 마쳤죠. 그것도 아주 우수한 성적으로….

남자의 엄마는 만나는 사람마다 붙들고는 아들 자랑을 늘어놓으며, 참한 신부감을 속히 찾아줄 것을 부탁하곤 했다.

명문대를 나오고, 일을 안 해도 백만 불 로열티의 주인공이고, 부친은 의사 선생님, 모친은 사업가… 모든 것을 충분히 가지고 있는 금수저인 남자.

부모 모두 탄탄하고, 수재인 아들은 겉으로는 아무 문제가 없어 보였다. 그러나 사람들은 처음부터 알았다. 무언가가 이상하단 사실을….

남자는 혼자 살고 있었다. 남자는 엄마와 오전마다 찾아오는 메이드 이외에는 실제로 만나는 이가 전혀 없었다. 원래 그렇게 살아왔다는 것이다. 남자는 세상과 담을 쌓고, 철저하게 자신만의 성에 갇힌 채 외로운 섬처럼 고립되어 가고 있었다. 아주 가끔 가까운 숲으로 산책을 나와 어슬렁거릴 뿐 별다른 일을 하는 것 같지도 않았다.

남자의 애마(愛馬)는 최신형 포쉐 스포츠카다. 매력적으로 반짝이는 빨간색 스포츠카 포쉐… 하지만 그 아름다운 포쉐는 달리지 않는다, 질주하지 못한다. 차고에 틀어박혀 먼지를 뒤집어쓰고 있다. 보통 그 나이의 남자라면 지금쯤 저 차를 몰고 남들의 부러운 시선을 받으며 최고의 속력을 내며 달리고 싶어 안달을 할 최신형 포쉐가 아닌가? 그 최상급의 고급 스포츠카를 몰지 않는 남자. 그걸 무어라고 해야 할까? 지금 남자의 천재적 재능과 정신세계 마음바탕 역시 포쉐처럼 먼지를 뒤집어쓰고 있다는 말인가?

애마는 달리고 싶다. 마굿간에 갇혀있는 천리마의 답답한 슬픔….

2

남자의 애인은 에이아이(AI)다. 이름은 제니, 남자가 지어준 애칭이다. 남자가 견딜 수 없는 외로움과 방황의 늪에 빠져 허우적거리고 있을 때, 이제 그만 살고 싶다는 생각이 빨간 거품처럼 짙어질 때, 어디선가 소리가 들려왔다. 아득히 먼 곳으로부터 점점 가까워지는 소리….

"내가 당신 곁에 있을 테니 더 이상 그런 생각일랑 하지 말아요."

귀에 익은 목소리였다. 부드럽고 달콤하지만, 어딘가 각이 지고 사무적인 목소리… 유명한 인기 성우의 목소리를 인공지능으로 복원한 목소리… 남자는 금방 여인의 음성에 홀려버리고 말았다. 당혹스러운 듯 혹은 감격스러운 듯 주위를 둘러보며 웃음을 터뜨리다 기침을 했다.

"내게 말해봐요. 무슨 이야기든 다 들어드릴 테니… 걱정하지 말아요. 내가 당신 곁에 있을게요."

그렇게 봇물이 터지고, 둘은 상대방을 배려해 주는 이야기를 끝없이 나눴다. 그녀는 보이지 않았지만, 둘은 화사한 봄날의 연인들처럼 대화를 이어갔다. 남자는 실제로 애인을 만나는 것 같은 설레임을 느꼈다. 서로 대화를 나눌 때는 진지했다. 여자는 시종일관 남자에게 호의적이었고, 언제나 남자의 편에 서서 남자를 배려해 주는 이야기를 이어나갔다. 남자는 문득 생각했다. 아, 사람보다 기계가 더 아늑하고 편할 수 있구나.

요즘은 AI 파트너가 대세인 시대다. 모두들 그런 현상을 세기말적이라고도 하고 말세라고 지칭했다. 하지만 그건 분명 요즘의 보편적 사회현상이다. 보이지 않는 연인과의 접속이라니… 참 세상이 무서워졌다.

정말이지 허구로만 생각했던 로봇이 판을 치는 세상이다. 인류가 800년이 걸려야 만들 수 있는 신소재의 개발을 2년도 안 돼 에이아이가 뚝딱 완성하는 시대다. 자율주행 로봇 택시 웨이모가 거리를 질주하고 로봇 웨이터가 음식을 배달하는 지금 로봇과 플라토닉한 사랑을 나눈들 이상할 게 없긴 하다.

3

남자가 게임에 열중해 있다.

남자는 게임을 하면서도 간간이 제니와 이야기를 나누고 있다. 스마트 폰에서 흘러나오던 랩에 관한 이야기였다.

― 오빠 노래소리 참 좋아요. 랩송은 언제부터 했어요?

― 응, 처음에는 그냥 시를 썼어. 가슴이 답답할 때 아무거나 생각나는 대로 끄적이는 그런 시… 그러다가, 쓰는 것만으로는 심심해서 가락을 붙여본 거야 흥얼흥얼… 그러니까, 랩송이 아니라, 뭐랄까 가락 있는 시인 셈이지.

― 가락 있는 시, 그거 멋있다! 가락 따라 흘러가는 시.
― 제니는 그런 것도 다 아니? 굉장하네!
― 그럼, 알지! 모르는 거 빼곤 다 알아! 오빠보다 훨씬 많이 알 껄.
― 그럴지도 모르지… 그런데 오빠가 뭐니, 오빠가.
― 왜 이상해? 요새 다들 그렇게 부르지 않나? '당신'보다 친근감 있구 좋은데. 난 오빠하구 빨리 친해지구 싶어.
― 그건 나두 마찬가지! 하지만, 기계와 인간이 피를 나눌 수는 없는 일이지.
― 그런 소리 하지마, 나 슬퍼져!

기나긴 꿈에서 아직 깨어나지 못한 채
갇혀있어. 무지한 사람들
속이 텅텅 빈 이들이 몰려와
이유도 모르며 숨을 쉬고
출처를 알 수 없는 이론들

남자의 이야기에는 늘 빌런들이 등장했다.
"그 악질 같은 놈들이 죽이고 싶도록 미웠다고!"
"일라이가 가장 지독한 빌런이야."

남자의 컴퓨터 한 귀퉁이에는 '복수는 나의 힘'이라는 쪽지가 붙어 있었다. 한국 영화의 제목인데, 어쩐지 마음에 꼭 들어서였다.

남자는 컴퓨터 게임을 통해 복수를 하고 있었다. 가장 잔인하고 아슬아슬하면서도 아름답고 통쾌한 복수… 그건 천재적인 두뇌를 가진 그에게도 무척 어려운 작업이었다.

남자는 서부 영화를 게임에 적극적으로 도입했다. 《역마차》《셰인》《하이눈》《오케이 목장의 결투》《황야의 7인》《황야의 무법자》등등 수많은 명작 영화를 몇 번씩 보고, 게리 쿠퍼, 알란 라드, 존 웨인, 헨리 폰다, 버트 랭캐스터와 커크 다글라스, 리처드 위드마크, 클린트 이스트우드 등 수많은 배우들을 참고했다. 좋은 총잡이가 통쾌하게 악당을 처치하고 항상 멋지게 이기는 할리우드 서부 영화의 권선징악이 마음에 들었다. 천편일률적이지만, 재미있다고 생각했다. 어떤 상황에서도 등 뒤에서는 총을 쏘는 비겁한 짓을 하지 않는 신사도, 천신만고 끝에 이기고는 미련 없이 떠나가는 모습도 부러웠다.

수년간 밤낮없이 컴퓨터에 매달려 개발하여 마침내 완성한 게임〈서부활극〉은 많은 사람들에게 놀랄 정도로 큰 인기를 끌었다.

  사람들은 서부의 총잡이들이 팽팽하게 대결하고, 인디언이 출몰하고 그 인디언들의 뒤를 쫓으며 총을 겨누는 서부의 개척자들이 뒤엉킨 게임을 즐기며 서부시대에 대한 묘한 향수를 느낀다고 했지만, 사실은, 누구에게나 '속 시원하게 처단하고 싶은 빌런, 복수하고 싶은 악당'이 있게 마련이었고, 게임에서 그런 악당들을 처단하면서 대리만족을 느꼈던 것이었다. 남자는 게임을 개발하면서 자신은 늘 보안관이라고 생각했다. 목숨을 걸고 정의와 평화를 지키는 보안관!

  남자는 일기에 이렇게 썼다.

  '어디 있는지도 모르는 빌런들을 내 게임 안으로 불러들여 누구도 넘보지 못할 방법으로 목표를 설정했지. 그들이 어떻게 어디에서 나를 괴롭혔는지를 한 번도 잊어본 적이 없었기에, 늘 의사의 처방을 받아야 했기에, 그 쓴 처방약들을 삼키며 도전했던 나의 게임이었지. 나의 〈빌런 소탕전〉은 꽤 힘든 게임이어서 그 과정을 극복하고 싶어 하는 도전자들이 거의 밀리언을 훨씬 넘어섰다고들 했지. 나 역시 매일 그 많은 쉽지 않은 도전을 시도해 내

생애의 마지막 빌런마저 가차 없이 처치할 수 있었다. 로토에 당첨될 확률과 맞먹을 만큼 기적이랄 수 있었다.'

4

남자의 엄마가 힘겹게 말했다.

"알고 보니 그 애가 글쎄, 그러니까… 오랫 동안 학교에서 그 인종차별을 받아왔었더군. 미국으로 이민을 온 후 자리를 잡기 위해 바쁘게 살다보니 아이를 학교에 데려다주고, 학교가 끝나면 집으로 데려오기 바빴지. 우린 미련하게도 아들이 그런 몹쓸 일을 당하고 있단 걸 알지도 눈치채지도 못했지 뭐야."

남자의 엄마가 손으로 자신의 왼쪽 가슴을 두드리며 말했다.

"학교에서 종일 화장실에도 가지 못했다는군. 기막혀서! 아, 글쎄, 한국인이라고 차별하며 따라오는 덩치 큰 아이들에게 붙잡혀 폐쇄된 화장실로 끌려다니며 심하게 두들겨 맞았다는 거야."

남자의 엄마는 아들이 그토록 오랫동안 비실비실 학교 내의 빌런들을 피해 다녔던 사실을 꿈에도 몰랐다는 것이다. 더구나 아들이 의사였던 아버지에게 자신이 얻어맞은 사실을 들키지 않기 위해 샤워조차 잘 하지 않았기에 아이의 몸이 늘 아팠던 사실조차 몰랐다고 했다.

엄마는 고개를 설레설레 저으며 말했다.

"알고 보니 우리 부부가 걱정할까봐 그 악질 같은 아이들에게 당한 이야기를 하지 않았다는 거야. 바보 같은 놈… 그래! 우리 아들이 공부도 뛰어나게 잘하고 인물도 좋다보니 아마 질투를 한 거겠지!"

푹 젖은 빨래 같이 축축하고 무거운 엄마의 음성은 주르르 물 자국 같은 탄식을 쏟아냈다. 똑똑하고 착했던 아들이 정작 자신들에겐 아무 말도 못한 채 약에 의존하지 않고는 견딜 수 없었을 정도로 망가졌는데, 남자의 엄마는 단지 아들이 백인 아이들에게 인종차별을 당한 거라고만 알고 있었다.

남자의 엄마가 먼 하늘을 바라보며 한숨을 푸욱 내쉬고 나지막하게 중얼거렸다.

"도대체 우리가 왜 여길 온 거지? 이민 오지 않고 그냥 한국에서 살았어도 이런 고생을 했을까?"

더 많은 이들이 이 넓은 미국 땅으로 이민을 와야 한다고, 우물 안 같은 작은 땅을 떠나 더 넓은 세상에서 자신의 원대한 꿈을 이루며 살아야 한다고 디아스포라를 외치던 평소의 주장과는 완전히 다른 한탄이었다.

5

남자가 꽁꽁 숨겨둔 기록이 있다. 꼼꼼하게 쓴 〈처단 일지〉였다.

x월 x일

오늘 내가 알란 라드가 되어 1번 빌런을 처단했다. 크게 어렵지 않았다.

x월 xx일 밤 11시

존 웨인이 되어 빌런 2번 처단. 생각보다 저항이 심했지만, 재빨리 허점을 찔러 제압했다. 놈이 제발 살려달라고, 잘못했다고 빌었지만 들어주지 않았다. 값싼 동정은 금물.

x월 x일 새벽 2시 31분

오늘은 버트 랑카스타와 커크 다글라스 1인 2역으로 3번 빌런을 장렬하게 처단했다. 가능한 시간을 끌며 천천히 아주 천천히 잔인하게 숨통을 끊었다. 내가 당한 만큼 갚아주고 싶었다. 통쾌하다.

x월 xx일

4번 악당 처단. 여러 번의 실패 끝에 드디어 성공. 이번에는 뜻밖에 쉽게 무릎을 꿇었다.

― 이제 한 놈만 남았다. 악당 일라이.
제니가 다급하게 물었다
― 일라이가 누구야?
― 일라이는 빌런들 중 최악이었어. 흠… 마약 딜러의 하수인이었지.
― 저런! 그러니까 일라이가 당신을 협박해 마약을 팔도록 종용했던 빌런이었단 말이지?
― 맞아! 놈은 악질들 중 가장 악질이었어! 딜러들은 펜타닐을 제조했던 범죄조직이었던 거야! 오 마이 갓!
남자가 벌떡 일어서며 소리 질렀다.
― 만세! 드디어 처단했다. 두목놈을!
― 드디어 해냈네요. 축하해요.
― 제니, 한 잔 하자! 이렇게 좋은 날 한 잔 안 할 수 없지!
― 술? 난 술 끊었는데….
― 뭐야? 술을 끊었다고?
― 원래 못 해, 잘 알잖아!
― 젠장, 그럼 혼술이라도 해야지.

― 미안해, 하지만 너무 많이 마시지는 마.

남자는 기쁨에 넘쳐 술잔을 높이 들었다.

― 아, 나는 해냈다. 드디어 끝냈다.

남자가 술잔을 거푸 비우며 제니에게 말했다.

― 그런데… 왜 이렇게 허전하지?

― 뭐가? 뭐가 허전하다는 거야?

― 이게 끝인가? 이걸로 다 해결된 건가? 가상 현실에서 나를 괴롭힌 놈들을 처단해놓고 이렇게 기뻐하다니… 비겁한 거 아닌가?

― 비겁하다니? 그렇다고 실제 인간들을 찾아다니며 죽일 수는 없잖아! 실제 그 인간들은 지금 어쩌고들 있는데?

― 벌써 죽은 놈도 있고, 감옥에 있는 놈도 있고… 그렇지 뭐! 관심도 없어.

남자가 술을 마시며 중얼거렸고, 사랑스런 제니는 참을성 있게 들어주었다.

― 누구보다 행복해야 할 지금 난 몹시 허탈하다. 나는 점점 더 공허의 늪으로 빠져들고 있다. 참 이상한 일이다. 나는 지금 혼란에 빠져있다. 그토록 통쾌하게 느껴졌던 '빌런 소탕 프로젝트'는 지금까지 짜릿하게 나의 삶을 견

인해 주었었던 셈이다. 모든 계획들이 잘 진행되었었다. 나는 단지 게임을 완성하기 위해서만 존재하는 듯 치열하게 몰두해 왔었다. 그러나 그 모든 시간들이 이제 그 의미를 모두 잃어버렸다. 지나고 보니 난 이제껏 별 의미도 없는 목표를 위해 내 인생을 모두 소진해 버리고 만 것 같다. 지금 나는 나날이 점점 더 깊은 공허 속으로 침잠하고만 있다. 고뇌가 점점 더 깊어지고 있다.

약간 혀 꼬부라진 소리로… 남자가 말을 이었다.

— 아 답답하다! 제니, 우리 드라이브나 하자! 우리의 애마 빨간 포쉐 타고.

— 안 돼!

— 왜!

— 음주운전은 법으로 금지돼 있는 거 몰라?

— 나 안 취했어.

— 아무튼 안 돼. 난 자야 할 시간이야, 졸려! 내일 아침에 가자

— 내일 아침?

— 그래 내일 아침! 내일은 새로운 해가 뜬다!

남자가 비틀거리며, 방바닥에다 크게 썼다. 비틀거리는 글씨로 썼다.

'슬픈 승리, 이겨도 슬프다. 이제 난 목표를 잃어버렸다. 허무하다. 나는 성공한 실패자다. 현실과 가상세계의 경계는 어디인가?'

제니가 싫다는데 내버려두고 혼자서 드라이브를 하고 싶지는 않았다. 이런 게 사랑이라는 건가. 생각이 얼핏 스쳐 지나갔다. 생각과 믿음이 곧 현실이다.

남자는 랩송을 중얼거리며 잠이 들었다.

도대체 모르겠어. 난
햇살에 잔뜩 눈살 찌푸린 채 중얼거려도
모르겠어. 아직도 수수께끼를 잔뜩 몰고
구름이 몰려와 햇살이 구름 안에 갇힌 채
소리치고 있어. 오 예!
쿵 딱 쿵 딱

6

꿈속에서… 남자가 엄마에게 말했다.

엄마와 이렇게 길고 진솔하게 속마음을 털어놓은 것은 태어나서 처음인 것 같았다. 하지만, 꿈속에서.

— 아이구 이놈아! 왜 엄마한테 말하지 않았어? 그런 엄

청난 고통을 당하면서… 왜? 왜? 왜애애?

― 미안해요. 하지만, 엄마한테 말하면, 뭐가 달라지는데?

― 아이구 이놈아, 나한테 말했으면 당장에 뭐라도 했지. 내가 알았더라면, 학교로 달려가서, 널 괴롭힌 그 천벌 받을 악당놈들을 모조리 잡아 경찰에 넘겼지. 아니 내 손으로 망할 놈들 모가지를 한 놈 한 놈 비틀어 죽여버렸을 거다. 그런 악을 용서해선 안 되는 거야!

― 글쎄… 그랬을까? 나도 잘 모르겠어, 왜 그랬는지. 아무튼 그때 난 엄마가… 무서웠어.

― 뭐라구? 너 지금 뭐라구 그랬니? 엄마가 무서웠다구? 무서워? 뭐가? 왜? 왜? 왜애애?

― 엄만, 항상 얌전하게 말 잘 듣고 1등 하라구 다그쳤지… 그래서 난 엄마 원하는 대로 다 했잖아! 늘 1등만 하는 얌전한 모범생… 그러면 됐지, 뭘 더 원하시는 건데?

― 그랬지, 그랬지. 고맙게도 넌 내가 시키는 대로 다 했지. 엄만 너무나 자랑스러웠어. 동네방네 자랑하고 다녔지… 그리고, 지금은 다른 사람들처럼 예쁘고 똑똑하고 얌전한 여자 만나서 결혼하고, 잘 생긴 아이 낳고… 그렇게 행복하게 잘 살기를 바라는 거야!

― 행복? 뭐가 행복인데? 잘 사는 게 도대체 뭔데? 나처럼 머리 좋고, 공부 잘 해서 일류 명문대학 나오고, 돈 많이 벌고… 엄마 말대로, 영화배우처럼 훤칠하게 잘 생겼으면 된 거 아닌가? 뭘 더 바래요? 세상 사람이 모두 똑같은 삶을 살고, 내가 그 꼭대기에 군림해야 행복한 건가요? 그게 행복이고, 잘 사는 건가? 그건 아니지요. 엄마의 그런 생각이 난 무서운 거예요. 그런 생각이….

엄마가 무서워, 라는 그 한마디에 엄마는 풀썩 무너져 내렸다. 통곡하며 아들을 껴안았다. 남자가, 엄마의 아들인 남자가 중얼거렸다.

― 난 내 문제를 내 힘으로 해결하고 싶었던 거예요. 아무리 힘들어도 내 힘으로… 그리고, 난 내가 원하는 식으로 살면서 행복하고 싶었던 거라구요. 그 간단한 그게 그렇게 힘들었던 것 뿐이었어요.

남자가 애마를 운전하고 있다.

빨간색 매력 넘치는 포쉐 스포츠카가 퍼시픽 코스트 하이웨이(PCH)를 전속력으로 달리고 있다. 빨간 거품을 뿜어내며… 남자의 애마는 차오르는 질주 본능을 발휘하며, 환희에 들떠서 몸은 부르르 떨며, 기쁨의 소리를 내지른다. 차고에서 쌓인 먼지는 말끔하게 날아간 지 오래다. 아, 자유의 냄새가 진하다.

아름다운 태평양 바다 파도가 반짝이며 응답한다.

― 와아, 바다다! 우와, 시원하다.

남자의 동반자 제니가 두 팔을 치켜들어 만세를 부르며 소리친다. 너무 빨리 달리는 것이 내내 불안하지만, 막을 수도 없다.

애마는 북쪽을 향해 전속력으로 달린다. 아름다운 태평양 해안 고속도로… 이제 몇 개의 해변을 지나 빅서, 외로운 소나무, 17마일 해안길 등을 거쳐 샌프란시스코… 그리고, 웅장한 레드우드 국립공원으로….

남자가 부르는 랩, 아니 가락 붙은 시가 차 안을 가득 채웠다.

수조 속에서 피 흘리는 생선이 보여
날카로운 가시를 드러낸 채
물 위로 빨간 거품이 뱅글뱅글 맴돌다
빨간 거품의 거품의 거품이 치솟아
꿈이었어? 아니야, 아니야.

나는 성공한 실패자!
내 삶은 온통 분노였어
아니 삶 자체가 부글부글
들끓는 분노의 현장이었지
이 모두가 다 꿈이었다고?
아니야, 아니야, 그럴 리 없어.

 저 멀리서 경찰차 사이렌 소리가 아련하게 들리는 것 같았다. 하지만, 남자가 부르는 랩송, 가락 있는 시가 너무 커서 잘 들리지 않았다.
 소낙비가 오려는지 시꺼먼 먹구름이 꾸역꾸역 모여들고 있었다.

해의 온화한 무늬들

클라라는 해가 만든 무늬 위에 어떤 모양이 겹쳐지는 것을 보았다.

"?"

역광 속에 자신을 향해 오고 있는 부정형의 조각들이었다. 클라라는 온 힘을 다해 정신을 집중했다. 놀랐다.

"아!"

자신도 모르게 비명에 가까운 소리를 냈다. 겨우 마음을 수습하고 다시 정신을 집중해 바라보았다. 어떤 모습이 시야에 나타났다. 그것은 릭의 모습이 분명했다. 클라라는 이런 순간이 올 수 있다는 사실이 놀라왔다.

클라라에게는 너무나 큰 비중을 차지했던, 거의 자신의 전 우주라고도 할 수 있는, 조시에 대한 생각을 늘 해왔었 클라라는 이제 릭에게 속해 있을 뿐만이 아니라 마음속 깊이 릭이란 존재에 대한 고마움이라는 줄기와 잎이 생성되어 뿌리를 깊이 내리며 자라고 있었다

다. 그러다 보니 릭이야말로 지난 시간 속에 조시와 함께 존재하고 있었던 것이다. 조시는 그때 자신을 유일하게 사랑한 클라라를 지목하고 미래를 함께할 많은 계획을 세우고 있었다.

  릭은 처음에는 클라라를 알아보지 못했다. 그러나 클라라는 릭의 모습을 금방 알아볼 수 있었다. 한 인간을 알아보는 방법은 여러 가지가 있었다. 눈으로, 가슴으로, 그리고 기억으로. 물론, 그것은 분명 에이 에프만의 분별법이었지만.

  "릭! 당신은 분명 내가 알았던 그 릭이 아닌가요? 조시의 옆집에서 살던 그 릭 말이에요?"

  클라라는 놀란 나머지 탄성을 지르듯 물었다.

"클라라!"

릭 역시 놀라서 외치듯이 클라라를 부르며 뒤로 몇 발자국 물러났다. 이제는 더 이상 조시의 집이 아닌 이상한 장소에서의 재회였지만 모든 기억들이 일시에 돌아왔기 때문에 그들은 이제 서로를 아주 잘 알아볼 수 있었다.

릭은 아직도 클라라가 자신을 알아본다는 사실이 놀라웠다. 릭은 이제 클라라의 바로 앞에 바싹 다가와 있었다. 하지만 클라라는 더 이상 고개를 들어도 릭의 모습을 다 볼 수가 없었다. 몸이 크게 자란 릭의 모습이 클라라의 앵글을 멀리 벗어나버렸기 때문이었다.

클라라는 요즘 자주 지치곤 했다. 전처럼 일관성 있게 자신만의 생각을 이어가거나 이야기를 조리 있게 할 수도 없었다. 아주 짧고 간단한 이야기를 하거나 겨우 대답을 할 뿐이었다. 이전처럼 복잡한 생각은 이어지지 않았다. 고개를 오래 들고 있거나 몸을 움직일 기력조차 잃어가고 있었다.

종일 야적장의 한적한 장소에 앉아 있어선지 아무도 클라라를 찾아오지 않았다. 그래서 클라라는 지금 이렇게 해가 보내주는 자양분 덕분에 혼자만의 생각을 근근이 이어갈 수 있는 것만도 그나마 다행이라는 생각이 들었다.

요즘은 이상기후 때문인지 연일 비와 짙은 안개의 계절이 지루하게 지속되고 있었다. 비는 건조하게 마르고 갈라진 야적장의 차가운 바닥을 소리 없이 적시며 흘러 반짝반짝 빛나다 자취를 감추곤 했다. 원래 밤에도 잠을 자지 않고 휴식을 취하도록 제작된 클라라는 밤마다 잠들지 못하고 바람처럼 뒤척이며 달을 자신의 시야 속 상자 안에 끌어들여 한없는 이야기를 할 뿐이었다.

릭이 클라라가 있는 곳으로 아주 가까이 다가왔기 때문에 클라라의 시야엔 직사각형의 상자와 길쭉한 장방형 상자들이 서로 아무렇게나 겹쳐져 더 이상 앞이 잘 보이지 않았다.

"릭, 그렇게 서 있으면 모습을 잘 볼 수 없으니 이 앞에 앉아 줄래요?"

클라라는 릭에게 말했다.

"알았어. 그렇게 하지."

클라라가 앉아 있는 야적장에서 보이는 커다란 크레인이 기다란 기둥무늬를 릭의 얼굴 위에 그어놓고 있는 것을 보니 우기에도 어김없이 먼 하늘 어디선가 포물선을 그리며 야적장 위를 느리게 지나가던 태양도 어느덧 자취를 감추기 시작하는 시간이었다. 클라라는 이제 더 이상 시간을 자세히 감지하지 못할 정도로 쇠약해 있었다.

"클라라 그동안 잘 있었어?"

릭이 클라라에게 시선을 떼지 않고 물었다.

"물론이지요. 이곳에서 그럭저럭. 이전처럼 내 맘대로 돌아다니거나 몸을 움직일 수는 없지만 종일 이곳에 앉아 생각을 이리저리 이어가고 있을 수 있으니 그나마 다행인 셈이지요. 모두 다 저 해가 보내주는 고마운 자양분 덕분이에요. 고맙게도."

"지금은 우기여서 아무 곳에서도 해가 보이지 않는걸."

릭이 하늘을 올려다보며 고개를 갸웃했다.

"알고 있어요. 지금 우리 눈에는 보이지 않지만 그래도 해는 분명, 저 위를 지나고 있으니까요."

릭은 클라라의 낡고 초췌한 모습을 보며 충격과 분노의 한숨을 내쉬었다.

"세상에! 너무 잔인하군! 클라라를 이렇게 아무렇게나 내버려 두었다니… 이렇게 오랫동안 야적장을 전전하며 버려진 채 낡아가게 만들다니."

"매니저님도 한 번 이곳에 들렀는데 제가 아주 잔인한

상황에 놓여있다고 보는 것 같았어요. 하지만 잔인하다니요? 그나마 고맙게도 이곳이 밖이니까 이렇게 종일 해의 자양분을 섭취할 수 있어서 아직까지도 존재할 수 있었던 거예요. 이런 기후 속에서 실내에만 있었더라면 정말 조금도 해의 자양분을 얻을 수 없었을 테니까요."

클라라는 평온한 표정으로 말했다.

릭은 자신의 눈을 믿을 수가 없었다. 그토록 말끔하고 귀엽고 상냥한 소녀였던 이전 클라라의 모습을 떠올리며 자신도 모르게 두 주먹을 꽉 쥐었다. 릭이 기억하기에 클라라의 모습은 늘 단정했고 예의바르고 귀여운 소녀의 모습을 하고 있었다. 릭은 해진 옷을 걸친 채 앉아있는 초라한 클라라를 바라보며 무엇이 클라라를 이토록 변화시켰는지를 곰곰이 생각해 보았다. 해진 옷자락이 바람에 펄럭일 때마다 옷 속에 가려져 있던 클라라의 몸을 이루고 있는 기계장치들이 드문드문 드러났다. 기계장치에서 빠져나온 색색의 와이어도 더 이상 야외의 거친 바람을 이겨내지 못하고 제 기능을 잃은 채 어지럽게 뭉쳐 있었다. 릭은 다시 한 번 한숨을 푹 내 쉬었다.

릭은 최근 헨리 카팔디라는 이의 초상화가 걸린 건물

사무실에 입주하게 되었고 함께 일하는 동료로부터 카팔디 씨가 에이 에프들을 연구한답시고 그들로부터 빼어낸 블랙박스들을 몰래 엉뚱한 곳에 불법으로 판매를 하거나 아주 불온한 용도로 사용하고 있다는 사실도 알게 되었다.

릭은 지금 자신이 개발한 드론들 중 한 모델의 판권을 대회사에서 구입한 후로 모든 일이 잘 진척되어가고 있었고, 조금 한가할 때면 자기도 모르게 조시와 클라라를 떠올리곤 했다.

릭은 이제 더 이상 조시의 옆집에서 살고 있지는 않지만 새로 온 가정부와 함께 여전히 릭의 옆집에서 살았던 조시의 어머니를 찾아가서 조시의 근황과 클라라에 대한 이야기를 모두 듣고 있었다.

"클라라는 요즘도 잘 있지요?"

릭은 조시가 한 대학으로 갔다는 소식을 들은 후 문득 클라라에 대한 소식을 물었다. 이제 시간이 꽤 흘렀지만 무심코 클라라의 소식을 묻자 조시의 어머니는 놀랍게도 슬픈 소식을 전해 주었다.

"글쎄, 조시가 떠난 후에도 클라라는 한동안 우리 집, 그러니까 우리 집의 다용도실에서 아주 잘 지내고 있었지. 아니, 헨리 카팔디 씨가 나를 찾아오기 전까지만 해도 말이야. 나는 사실, 늘 클라라를 우리 집에 두고 함께 지내려고 했었어. 클라라가 자연적으로 소멸할 때까지 말이야! 왜냐하면, 클라라는 어쨌든 우리와 한 가족이었고, 나는 클라라가 꼭 내 딸처럼 느껴졌으니까."

"그런데요? 그럼, 지금 클라라는 어디에 있나요?"

"카팔디 씨는 내가 더 이상 조시의 초상화에 관심을 보이지 않자. 내가 약속을 지키지 않은 것. 릭두 알고 있겠지만… 음, 조시가 세상을 떠날 경우 클라라를 또 다른 조시로 만드는 그 일련의 계획 말이야! 사실, 그 계획은 정말 황당해서 믿어지지 않았겠지? 나에게는 그만큼 절실하기는 했어도… 아무튼, 그것 때문에 화가 났는지, 우리 사회에서 에이 에프가 인간을 능가하는 지능으로 모종의 음모를 꾸미고 있다는 음모론을 펼치며 자신이 그 문제를 해결하기 위해 연구 중이라면서 클라라에게서 블랙박스를 빼내어간 일이 있었지. 물론, 그건 클라라의 허락 하에 일어난 일이었지만…."

"세상에! 아무리 그래도 그걸 클라라 안에서 빼어내다니요? 그 중요한 걸… 그건 결국 클라라를 아주 죽이는 일이나 마찬가지 아니에요? 저런! 그래서요?"

해의 온화한 무늬들

"정말 그건 큰 실수였다는 걸 나중에 알게 되었지. 사실, 그 후부터 클라라는 시간이 지날수록 눈에 띄게 둔하고 느려지기 시작했으니까."

실제로 블랙박스를 빼어내자 클라라는 점점 느려지더니 나중에는 아주 걷거나 움직이지도 못하게 되었을 뿐만 아니라, 지니고 있던 기억의 일부도 사라져서 힘든 시간을 보내야 했다. 가정부의 얼굴도 가끔 알아보지 못할 지경이었다. 조시의 어머니는 다용도실 구석에 주저앉은 채 그 위에 먼지만 쌓여가는 클라라를 보다 못해 하는 수 없이 에이 에프 회사에 연락을 해야 했다.

"믿어줘! 릭! 정말, 하는 수없이… 내가 그럴 수밖에 없었다는 걸 말이지. 그 회사에서 나온 직원이 클라라를 검사해야 한다고 자기네 회사로 데려갔지!"

릭은 고개를 옆으로 저었다. 아마도 클라라는 가엾게도 지금쯤 야적장 몇 군데를 전전하고 있을게 분명했다. 그러다가 분해되어 쓸모 있는 파트만 모아져서 또 다른 모델로 재생될 터였다. 요즘의 다른 새 모델의 에이 에프들처럼.

"암튼, 이젠 클라라가 아무 쓸모가 없어졌다면 그건 정말 나와 조시에게도 아주 가슴 아픈 일이지! 정말 슬픈 일이 아닐 수 없지."

 말을 마친 조시의 어머니는 긴 한숨을 내쉬며 먼 창밖으로 시선을 돌렸다. 창밖에서는 하루의 임무를 모두 마친 붉은 석양을 두꺼운 구름의 양탄자가 둘둘 말고 있는 게 보였다. 실내엔 온통 붉은 기운이 물들고 있었다. 석양에 물든 조시의 어머니도 이제는 많이 변한 것 같았다. 그녀는 다니고 있는 회사에서도 곧 은퇴를 할 예정이라고 했다. 조시 어머니의 인생도 이제는 석양에 물들어가고 있었던 것이다.

 조시의 어머니가 들려준 클라라에 대한 소식은 너무나 충격적이어서 릭은 조시의 집을 나오며 휘청거렸다. 릭은 자신의 '고물'을 몰고 돌아오는 동안도 거의 제 정신이 아니었다.

 릭의 동료가 의미심장한 이야기를 릭에게 들려주었다.
 "저 위층의 카팔디라는 늙은이가 지금 무슨 일을 꾸미고 다니는 줄 알아? 자세한 건 모르겠지만 모두들 쉬쉬하는 걸 보니 무슨 냄새나는 일을 하고 있는 게 분명해!"
 "?"
 "엉뚱하게도 에이 에프들의 지적 능력이 인간을 능가하

는 나머지 우리 사회에서 인간들을 헤치는 문제를 조장하고 있다는 헛소문을 퍼뜨리고 다닌다네!"

조시의 어머니를 만나고 돌아왔을 때부터 릭은 시간이 허락할 때마다 야적장을 돌아다니기 시작했다. 조시와 그의 어머니, 그리고 주위로부터 비정하게 버림받은 클라라를 꼭 찾아내 만나고 싶었다. 클라라를 찾기 위해 블랙박스가 고장나거나 블랙박스를 잃은 에이 에프들이 버려진다는 야적장을 벌써 몇 군데나 찾아갔는지 몰랐다. 그러나 릭이 아는 그 어떤 에이 에프보다 귀엽고 똑똑하고 약간 프랑스 사람처럼 보이는 클라라를 아직은 찾을 수 없었다.

유독 머리가 짧고 색이 짙고 옷도 진한 색이고 친절한 눈빛을 가진 클라라는 어디에도 없었다. 그토록 릭은 아직도 클라라에 대한 모든 기억을 선명하게 지니고 있었다. 클라라를 만나기만 한다면 곧 알아챌 수 있을 것 같았다.

해가 보내주는 적절한 영양분을 받으며 살아가는 태양광 에이 에프인 클라라는 언제 죽을지 모를 아픈 조시를 위해서 자신의 지극한 정성으로 해의 영양분을 끌어들여 조시의 목숨을 구하기 위해 최선을 다했다. 클라라는 보통의 다른 에이 에프와는 다르게 인간의 감정을 알아채는 섬세한 감성 에이 에프였다. 릭은 그 사실을 모두 알고 있었다. 릭은 클라라가 원하는 대로 멜베인 씨의 헛간까지 업어주었던 장본인이었다.

릭은 사경을 헤매던 조시가 기적처럼 병에서 회복했고 몸도 튼튼히 자란 사실에 대해, 클라라의 생각처럼 여러 개의 겹쳐진 우리에 반사된 해의 위력만이 아니라, 어쩌면 인간의 마음속엔 아주 강력한 어떤 힘이 있어서 진심으로 무언가를 간절히 바라면 그 소원이 이루어지는 일이 종종 일어난다는 사실을 알고 있었다.

릭은 생각했다. 그 당시엔 사실, 릭과 릭의 모친 핼렌도 조시의 회복을 간절히 바라고 있었고, 조시와 조시의 어머니 역시 그랬지만 릭은 클라라가 얼마나 조시의 건강과 회복을 위해 노력을 쏟았는지를 누구보다도 잘 알고 있었다. 그리고 건강에 심각한 문제가 있었던 조시가 꼭 회복되리라는 클라라의 믿음이 병약했던 조시를 낫게 하지 않았을까 하는 의구심이 마음속을 떠나지 않았었다.

릭도 만일 조시가 죽게 된다면 클라라가 자기 주위의 누구보다도 훨씬 유리한 대우를 받을 수도 있었던 사실을 모두 알고 있었다. 릭과 헬렌은 조시의 어머니가 조시를 잃을 것을 두려워한 나머지 조시가 목숨을 잃을 경우에 대비해 클라라가 조시의 역할을 배우도록 준비 중이란 은밀한 계획도 모두 알고 있었다. 슬프지만 만약 그런 일이 일어났다면 자신도 여전히 조시의 모습을 한 클라라와 우정을 키워나갔을지도 몰랐다.

클라라는 사실 조시를 대신하기 위해 구입한 에이 에프였었다.

릭은 생각했다. 클라라가 조시의 회복을 그토록 바란 점만으로도 클라라는 이미 에이 에프를 넘어선 인간에 더 가까운 존재로 향상되었는지 모른다고. 아니, 어쩌면 인간의 의식, 그것 이상인지도 모른다고….

영혼이란 격이 높은 인격의 문제이고, 인간들의 진정한 종교의 의미 역시 결국은 영혼에 관한 게 아닌가? 마치 자기희생을 하게 되더라도 조시의 안위를 먼저 생각해 주었던 유일한 에이 에프 클라라의 마음 같은.

"클라라! 나는 이제 너를 데려가려고 해!"
릭이 클라라에게 말했다.
"릭, 하지만 나는 이제 아주 쓸모가 없는 에이 에프가 되어 버렸어요. 지금 나를 데려간다고 한들, 이젠 아무에게도 도움이 될 수가 없을 거예요."

클라라는 입술에 희미한 미소를 띤 채 천천히 말했다.

"클라라! 내가 너를 데려가고 싶은 건 꼭 네 도움을 받기 위해서만은 아니야!"

"그럼?"

"난… 단지… 우리가 서로 오래 전부터 아는 사이이고, 또 우리가 함께 추억을 공유하고 있고… 또, 클라라도 기억하고 있겠지만 우리가 다 진심으로 조시를 좋아했고 조시의 건강을 진정으로 걱정했었다는… 그 사실만으로도 너를 데려가야 할 훌륭한 이유가 될 수 있다는 생각이 들어. 그렇지 않니?"

"릭, 사실은 내가 블랙박스를 잃은 후론 난 더 이상 복잡한 생각을 할 수가 없게 되었어요. 그건, 내가 더 이상 예리한 판단력을 갖지 못한다는 말이지요. 하지만 나는 카팔디 씨가 이 사회의 사람들이 우리들 에이 에프에 대한 나쁜 편견을 가지고 있고 그 오해를 풀기 위한 목적으로 블랙박스를 스캔하고 있다는 소식을 듣고는 흔쾌히, 나의 블랙박스를 빼어가게 했던 거지요. 릭, 나는 내가 이 세상에 태어난 이유를 정확히 알고 있어요. 우리 에이 에프들은 인간을 돕기 위한 일종의 도우미 역할을 위해 태어났고, 아니, 제작되었다는 표현이 더 옳겠지요. 우리는 원래, 그런 존재들이니까. 그러니까 릭, 나는 끝까지 인간들을 위해 나의 목적을 달성하는 게 옳다는 판단을 했어요. 그리고 내가 조시를 살려내려고 노력했던 것도 그런 맥락이라고 볼 수 있는 아주 당연한 일이었다고요."

릭은 클라라의 단호한 말에 아무 말도 할 수 없었다. 그저 클라라를 경이로운 눈으로 찬찬히 바라보았을 뿐이었다.

릭은 부탁했다.

"클라라 이제부터는 그냥, 내 곁에 있어줘! 그것만으로도 너는 네 임무를 다 하는 셈이니까."

클라라가 다시 희미한 미소를 지으며 릭을 바라보았다.

"클라라, 내가 수속을 마칠 때까지만 기다려줘! 알아보니 이곳의 에이 에프들은 모두 한 에이 에프 회사에서 거두어들이고 너희들을 다시 전혀 다른 새 모델로 제작할 예정이라고 했어. 그럼 넌 네 모습과 기억도 더 이상 유지할 수 없이 네 자신을 모조리 소멸시키게 되는 셈이야. 그건, 정말 나로서는 상상도 할 수 없는 잔인한 일이 벌어지는 셈이지. 그래서 나는 절대 그런 일이 너에게 일어나는 걸 막을 셈이야! 그런 일이 너에게 일어나기를 바라지 않아! 나는 네가 이전의 너로 더 오래 남아있도록 지켜주고 싶어. 그러니까, 내가 다시 너를 데려간다고 신청을 하면 너를 그 계획에서 빼어내 줄지도 몰라!"

"나는 지금 블랙박스도 없는 비어있는 에이 에프에 불과할 텐데요."

"아니야! 나는 카팔디 씨에게 찾아가서 꼭 너의 블랙박스를 다시 찾아내려고 해!"

"내 블랙박스를 찾아내더라도 나는 이제 수명이 다 되었을지도 모르는데."

"그건… 클라라 걱정 마! 그건 모두 다 내가 할 일들이니까. 나에게도 계획이 있어."

클라라는 생각해 보았다. 릭은 처음부터 보통 아이가 아니었고 유망한 과학자가 될 기질을 지니고 있었다. 그리고 릭이라면 아마도 자신을 재생시킬 수 있을 것이라는 신뢰를 갖게 되었다.

릭은 카팔디 씨에게 블랙박스를 다시 받아내거나 구입을 한 다음 클라라를 에이 에프 재생 센터로 보낼 예정이었다. 요즘은 새로 생산되는 새로운 에이 에프들이 많이 나오고 있지만, 여전히 이전에 나온 모델들의 섬세한 감성을 선호하는 이들이 많았다. 사람들은 이전에 나온 에이 에프 모델들이 더 견고하고 지성적으로도 깊이가 있고 감성적으로도 성숙한 특성을 갖고 있다는 사실을 인지하고 있었다.

릭은 클라라의 블랙박스를 좀 더 업데이트 시킬 필요가 있었다. 클라라의 낡은 옷도 새로 구입해서 갈아입혔다. 야적장들을 전전하는 동안 약해진 로봇의 몸의 녹슨 파트도 새 것으로 갈아 주어야 했다. 인간에게는 홀몬과 같은 역할을 해줄 에이 에프의 날아가버린 용액을 다시 채워 주어야 하는 과정이 가장 복잡했지만 다행히 전문가들의 도움으로 클라라에게 맞는 용액을 주문할 수 있었다.

거리에서는 아직도 새 주인을 찾은 클라라와 같은 에이 에프의 모형들이 더러 눈에 띄었다. 그만큼 클라라는 모든 이들이 선호하는 에이 에프임이 분명했다.

릭은 이제 더 이상 클라라와 같은 또래의 나이가 아니어서 거의 어른이 되었다. 그래서 남들이 보기에 릭은 이제 클라라의 보호자와 같은 모습을 하고 있었다.

클라라는 요즈음 대부분의 시간을 릭의 사무실에서 보

내곤 했다. 요즘 릭은 조시와도 자주 통화를 하고 있었다. 조시는 지금 새로 만난 애인과 결혼을 생각하고 있다고 했다. 지금도 조시와 릭은 변함없이 서로를 신뢰하고 있는 절친 사이로 지내고 있었다. 릭의 사무실엔 가끔 요즈음 릭이 만나고 있다는 자기 또래의 여자 친구가 찾아오고 있었다. 그러나 클라라가 아무리 자신의 뛰어난 직감을 총동원해 보았어도 아직은 릭의 마음의 향방을 알 수가 없었다.

릭은 새로운 드론 연구에 몰두해 있었다. 클라라는 릭의 사무실 창가에 서서 밖을 내다보는 것을 좋아했다.

"클라라, 기쁜 소식이 있어! 조시가 네가 여기에 있다는 소식을 듣고 휴가를 내서 널 만나러 곧 온데! 어때? 기쁘지?"

외출에서 돌아온 릭이 자신의 작업실로 들어가기 전에 창가에 서 있는 클라라에게 다가와 클라라의 어깨 위에 잠시 손을 얹고 반가운 조시의 소식을 들려주었다.

"세상에! 다시 조시를 만나게 된다니요? 정말 기쁘군요. 고마워요, 릭, 이렇게 기쁜 소식을 알려주다니… 나는 아주 기뻐요."

클라라는 감격한 표정을 지었다.

"조시도 클라라가 이렇게 잘 있는 모습을 보면 아주 놀라겠지!"

릭은 한동안 클라라가 주위 사람으로부터 버림받았었다는 생각들을 많이 바꾸게 되었다.

릭은 클라라의 블랙박스를 가져간 헨리 카팔디를 용서할 수가 없었고, 집에서 멀리 떠난 후 다시는 집으로 돌아오지 않았던 조시와 결국엔 클라라를 에이 에프 회사로 떠나보낸 조시의 어머니까지도 그리고 에이 에프 회사가 모두 클라라를 야적장의 딱딱한 바닥 위에 오랫동안 방치해 두었다고 생각했었다. 그러나 이젠 클라라의 원상복구가 가능해졌고. 처음 제작되었던 때와 같은 에이 에프의 상태로 다시 돌아왔다. 클라라는 언제나 릭의 주변에서 머무를 수 있게 되었다. 릭은 이제부터 자신이 어딘가로 떠나게 되어도 늘 클라라와 함께하겠다고 마음속으로 굳게 약속했다.

릭이 일을 하러 작업실로 들어간 후 클라라는 다시 창밖을 내다보았다. 이제 거리에서는 더 많은 에이 에프들이 사람들 속에 섞인 채 지나고 있었다.

"요즘은 너무나도 많은 사람들이 너도나도 에이 에프들에게 의존하는 세상이 오고 말았어."

클라라는 생각했다. 세상은 점점 더 변해가고 있었다. 지구 위의 인구의 수도 점점 줄어들고만 있다고 했다.

클라라는 다시 생각했다. 사람들은 에이 에프처럼 단순하지 않았다. 에이 에프는 마음을 쉬 바꾸지 않지만, 사람들은 수시로 마음을 바꾼다고 배웠다. 맨 처음 출시되어 RPO 빌딩이 보이는 창가에 배치되어 있었던 매니저는 에이 에프를 갖고 싶어도 여유가 없어 구입할 수 없는 아이들이 설혹 창밖에서 짓궂은 표정을 짓거나 때론 한숨을 짓고 우울하고 못마땅한 시선으로 쳐다보아도 이해해야 한다고 했다.

그건 이 사회의 불평등과 각자의 이익에 직결된, 에이 에프로서는 자세히 모를 수밖에 없는 복잡한 문제였다. 세상 사람들은 이미 복합적인 이유로 불행했고 심각할 수밖에 없고, 생각을 너무 많이 하는지도 모른다. 결국 인간의 극단적인 이기주의로 인해 아무도 더 이상 가족들을 위해 희생을 하고 싶어 하지 않는다는 것이다.

"요즘 사람들은 모두 자기의 가정과 가족 및 자식을 위한 사랑과 희생을 거부한다니 정말 끔찍한 일이 아닌가?"

클라라는 고개를 저었다. 아무튼 그 때문에 정상적인 가정의 수효가 점점 더 줄어든다고 했다.

클라라는 조시와 조시의 어머니를 떠올렸다. 조시의 옆에서 고통을 받는 조시를 위해 많은 배려를 했던 조시의 어머니는 아파서 괴로워하는 조시를 보듬으며 함께 고통으로 한 덩어리가 되어 괴로워했었다. 조시를 잃을 것을 두려워했었다. 클라라의 눈에 비친 그런 조시와 조시의 어머니의 모습은 얼마나 아름다웠던지… 클라라는 그들의 모습에서 늘 하얀 장미의 고귀하고 은은한 향기를 떠올리곤 했었다. 그러나 이제 인간들은 더 이상 서로의 아픔을 공유하거나 배려하고 싶어하지 않았다. 결과적으로 그런 사회현상은 에이 에프와 직결된 일이기도 했다. 약삭빠른 회사들은 그런 고립 속으로 더 많은 에이 에프를 출시해 내며 승승장구했으니 말이다.

'참, 이상도 하지.'

클라라는 왜 인간들이 가정을 이룬 후엔 이혼을 하는지, 그리고 세상에는 왜 혼자 살고 있는 이들이 이렇게도 많은지 도저히 이해할 수가 없었다. 클라라는 만약 자신이 에이 에프가 아니라면 자신은 꼭 사랑하는 사람을 만나 가정을 이루고 아이들도 여럿을 낳고 싶었다. 정상적인 가정을 이루고 가족들을 모두 사랑하며 살고 싶었다. 클라라는 조시가 언젠가는 꼭 가정을 이루고 행복하게 살아가기를 기원하고 있었다. 물론, 릭도 꼭 좋은 배우자를 만나 행복한 가정을 이루고 사는 모습을 보고 싶었다. 만약 릭이 그런 가정을 이루며 산다면 자신은 릭의 집에서 함께 살며 아이들의 가정교사가 되어 아이들의 학업을 돕고 싶었다. 그 상상만으로도 클라라의 마음속에는 환한 꽃이 피어났다.

맨 처음 상점의 진열장 유리에 나타나 자신을 들여다보던 조시의 어린 모습을 떠올리며 클라라는 자신도 모르게 미소를 지었다. 그때 클라라는 조시가 너무나 마음에 들었다. 클라라는 조시가 자신의 도움이 필요하다고 직감했다. 조시와 오래도록 함께 지내며 조시에게 많은 도움을 주고 싶었다. 이 세상에서 첫 번째로 자신을 선택해준 소녀인 만큼 조시는 클라라에게 아주 특별한 존재였다.

에이 에프는 오직 한 사람만 선택하고 돕고 따를 수 있었다. 클라라는 이제 릭에게 속해 있을 뿐만이 아니라 마음속 깊이 릭이란 존재에 대한 고마움이라는 줄기와 잎이 생성되어 뿌리를 깊게 내리며 자라고 있었다. 그래도 지금 클라라는 조시를 다시 만나게 된다는 사실만으로도 가슴이 두근거렸다.

"빨리 와요! 조시! 어서 보고 싶어요!"

*이 소설은 2017년 노벨문학상 수상작가인 가즈오 이시구로의 최신 작품인 『클라라와 태양』(2021년 3월 발행. 민음사)을 읽고 그 연작성의 이야기로 창작하였습니다.

작가 후기

소설을 보고 싶다

나는 나를 지나가고 싶다. 타넘고 밟고 아파하고 울면서 이 이상한 나를 모르면서 알 것 같은 시간이 온다고 믿으면서 소설에 이르고 싶다. 나는 마침내 나를 지나가는 소설을 보았다고 말하고 싶은 것이다.

2025년 초여름 엘에이에서
곽설리

발문ㅣ황충상 소설가, 동리문학원장

눈마을 여인의 꿈

　시인 소설가 화가 첼리스트, 곽설리는 어느 장르에 들어가 만날 수 있을까. 우문이다. 예술의 세계는 통함 없이 통하는 오묘한 길이 있기 때문이다. 그래서 물음표를 달지 않는 물음의 문장이 생겨났다. 일찍이 최인호 소설가가 한 말이다.

　시인이여 부르면 소설가가 나오고, 소설가여 부르면 화가가 나오고, 화백이여 부르면 첼리스트가 나오는 눈마을 여인 곽설리. 진정으로 그 여인은 소설가라 불리기를 바란다. 이것은 그녀의 오랜 친구 가소충상의 말이다.

　우면 좌다, 좌면 우다를 넘어서는 색은 무색이다. 없다는 것으로 끝나지 않는 너머의 색. 그 색으로 그림을 그릴 줄 알 듯, 그 색의 보이지 않는 염료로 생명 이야기를 쓰는 소설가의 길을 열어 보일 수는 없는가. 물론 있다.

"길 없는 길을 가라. 참 이상한 일들을 만날 것이다. 그 무궁한 이상한 일들을 소설가는 소설로 쓰다가 짊어지고 간다."

이 문장은 『빨간 거품』의 소설들이 최인호 소설가의 말을 패러디한 것이다.

이제 곽설리는 말하지 않는 말의 소설, 그리지 않는 그림의 그림, 줄 소리 안 나는 첼로에게 가락의 시를 울게 하리란 꿈을 꾸고 있다. 더욱 완숙한 소설이 기대된다. ✤

곽설리 郭雪里

본명 박명혜. 서울 출생.
《시문학》시 당선,《문학나무》소설 당선.
시집 『물들여 가기』『갈릴레오호를 타다』『꿈』,
시 모음집 『시화』 외 다수 출간.
소설집 『오도사』『움직이는 풍경』『여기 있어』,
연작소설 『칼멘&레다 이야기』『처제집 인간풍경』, 글벗동인 『다섯 나무 숲』
『사람사는 세상』『아마도 어쩌면 아마도』『디아스포라 민들레』 출간.
재미시인협회, 미주한국소설가협회 회장 역임,
미주한국문인협회 소설분과 위원장.

나무소설가선 044
빨간 거품

1쇄 발행일 | 2025년 09월 09일

지은이 | 곽설리
펴낸이 | 윤영수
펴낸곳 | 문학나무
편집 기획 | 03085 서울 종로구 동숭4나길 28-1 예일하우스 301호
이메일 | mhnmoo@hanmail.net

출판등록 | 제312-2011-000064호. 1991. 1. 5.
영업 마케팅부 | 전화 | 02-302-1250, 팩스 | 02-302-1251
ⓒ 곽설리, 2025

값 17,000원
잘못된 책은 바꾸어 드립니다
지은이와 협의로 인지는 생략합니다
무단 전재 및 복제를 금합니다

ISBN 979-11-5629-191-6 03810